Ariel
(for al)

Stasis in darkness.
Then the substanceless blue
Pour of tor and distances.

God's lioness!
How one we grow!
Pivot of heels and knees! The furrow

Splits and passes, sister to
The brown arc
Of the neck I cannot catch,

Nigger-eye
Berries cast dark
Hooks—

Black sweet blood mouthfuls!
Shadows!
Something else

Hauls me through air—
Thighs, hair;
Flakes from my heels.

White
Godiva, I unpeel—
Dead hands, dead stringencies!

And now I
Foam to wheat, a glitter of seas.
The child's cry

Melts in the wall.
And I
Am the arrow,

The dew that flies
Suicidal, at one with the drive
Into the red

Eye, the cauldron of morning.

—Sylvia Plath—

西尔维娅·普拉斯诗全集

（修订版）

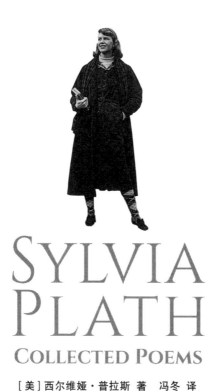

SYLVIA
PLATH

COLLECTED POEMS

［美］西尔维娅·普拉斯 著　冯冬 译

上海译文出版社

目　录

序　言

　　截至 1963 年 2 月 11 日，西尔维娅·普拉斯在死前已留下大量诗作。就我所知，她从不废弃自己任何一点诗意的努力成果。除一两首外，她将自己写的每首诗都带入她能接受的某种最终形式，至多扔掉零散的诗行或错误的开头、结尾。她对自己的诗句的态度可以说与工匠类似：如果不能就原材料造出一个桌子，那么造出一把椅子，甚至一个玩具，她也满足了。最终的产品与其说是一首成功的诗，倒不如说是暂时耗尽了她才智的某样东西。所以本书不仅包括她保存下来的诗，更收录了她 1956 年后的全部创作。

　　从很早起，她就开始把自己的诗收入一个未来的诗集，好几次将它——总是满怀希望地——提交给出版商和诗歌竞赛委员会。诗集自然地随年月而演进，蜕掉旧的诗，生长出新的，直到 1960 年 2 月 11 日，与伦敦的赫尼曼出版社签订《巨像》的合约时，这第一本诗集的标题和内容已然经历好几次变换。"今天在昏暗的艺术演讲厅里，我为我的诗集想到一个特定的标题，"她在 1958 年初写到。"我突然间非常清楚地意识到《陶制头像》是惟一的、正确的标题。"她接着说："这个新标题意味着，我将从《三个圈的马戏团》以及《两个恋人与一位海边流浪汉》（两个先前的标题）那脆弱而甜蜜的旧风格中解放出来。"两个月后，她又用《永远的星期一》短暂地代替了《陶制头像》。两个星期后，标题又变成《五英寻深》，"我认为这是我最优秀、最奇特地感人的诗，关于我父亲与大海，神灵与缪斯……于是《女士与陶制头像》出局了：它曾是我在英国写的'最好的诗'：太花哨，呆滞，拼凑，僵硬——现在令

I

我尴尬——五个诗节内有十个关于头像的复杂称谓。"

接下来的一年中,《五英寻深》又被《本迪洛的公牛》取代,然而在1959年5月,她写道:"一时兴起,将诗集标题换成《楼梯上的魔鬼》……这个标题涵盖了我的诗集并'解释'了绝望的诗,绝望与希望一样具有欺骗性。"这个标题持续到10月份,当时她在雅都,又有了不同的灵感,写道:"写了两首我喜欢的诗。一首给尼古拉斯(她想要个男孩,将该诗命名为《庄园里的花园》),另一首是父亲崇拜的老话题(她命名为《巨像》)。然而还是有所不同。更诡异。我从这些诗中看出一幅画面,一种气候。将《垂饰》从早先的诗集里抽出来,无论如何,下决心开始写第二本。关键在于摆脱一个想法,即现在我还在为先前的诗集创作。那沉闷的集子。于是,新的诗集中我有三首诗了,暂名之《巨像及其他诗》。"

这"无论如何"要开始一本新诗集并摆脱她之前一切创作的决定,与她在写作中首次真正意义上的突破同时发生,这一点如今方能看到。这一突破的真实内在过程以一种隐喻的方式在《生日之诗》中被有趣地记录下来。她在1959年10月22日开始酝酿这组诗。11月4日,她写道:"我的组诗《生日之诗》奇迹般地写了七首,还有之前的两首小诗《庄园里的花园》和《巨像》,我觉得它们色彩丰富,饶有趣味。但是,我上一本诗集的稿子看上去已经死了。如此遥远,快完蛋了。几乎不可能找到出版商:刚交给第七个……不指望别的,试着在英国出版。"几天后她写下:"这周我写了一首不错的诗,是关于星期天我们散步去烧毁的温泉疗养地,它属于第二本诗集。想到第二本诗集的这些新作,我甚为安慰:《庄园里的花园》,《巨像》,七首生日的诗,《垂饰》也算在内,如果我不把它塞入目前这本。"然而她又意识到:"如果有出版商接受我……为了支撑这本书,我觉得有必要把我所有的新作扔进去。"

最后的想法竟然成为现实。她在雅都一下子变得多产,然而时间不够用,12月份回到英国后又是一阵折腾,所以她的"第二本"诗集没有增添多少。正是这些被她内心否决的旧作，加上对她来说似乎异样的几首新作，詹姆士·米基告诉她——在1960年1月——赫尼曼出版社愿意出版，以《巨像》的标题。

合约刚签好，她又开始创作，却带着显著的差别。以前，一首诗要么是"标题诗"，要么"不是标题诗"，现在她似乎更放松，在接下来的两年中，都没有试图为成长的幼雏寻找一个焦虑的母亲式标题，直到她最后灵感奔涌，在生命的最后六个月写下那些作品。

1962年圣诞节前后，她将现在归于《爱丽儿》的大部分诗用黑色弹簧夹夹起来，仔细地安排它们的顺序。（那时候她指出，诗集以"爱"这个字开头，以"春天"结束。）她这本诗集排除了她在《巨像》与1962年7月之间写的几乎所有东西——两年半来的作品。她取标题时总遇到困难。她手稿扉页上的《对手》被《生日之诗》取代，后者又被《爹爹》取代。在她死之前不久，她才将标题换回到《爱丽儿》。

《爱丽儿》最终于1965年出版，与她计划的样子有些出入。它收录了她在1963年写的十几首诗的绝大部分，尽管她已意识到，这些新作有不同的灵感来源，可视作第三本诗集的开端。诗集没有收入1962年以来的一些更具人身攻击性的诗，有一两首诗，如果不是因为她已在杂志上发表，也可能被拿掉——到了1965年这些诗已广为人知。最后出版的诗集是我折中的结果，一方面我想出版她的大部分作品——包括《巨像》之后、《爱丽儿》之前的很多诗——另一方面我想更加谨慎地推出她的晚期作品，一开始打算只印二十首。（几位建议者认为，这些诗中的暴力而矛盾的情绪可能让读者大众难以接受。在某种意义上，从事后来看，这种担忧是有道理的。）

再后来的诗集《渡湖》（1971）包括了先前两本诗集之间的大部分诗；同年，最后一本诗集《冬天的树》出版，收录了后期十八首集外诗，以及她于1962年年初创作的广播诗剧《三个女人》。

现在这本诗全集包括了普拉斯1956年以后写的二百二十四

首按顺序排列的诗，以及从 1956 年之前作品中选出来的五十首。该全集旨在将西尔维娅·普拉斯的诗作放入一本书中，包括很多未发表、未收入集的作品，并将所有作品置入一个尽可能可靠的时间顺序，以便读者了解这位非同凡响的诗人的总体发展与成就。

这本诗全集的稿子大概可分为三个阶段，每个阶段都向编者提出稍微不同的问题。

第一个阶段可称作她的青年时代作品，第一个小问题即是如何决定它的结束。一个符合逻辑的决断方便地发生于 1955 年底，她刚过完二十三岁。这之前写的诗，二百二十首左右，恐怕只有研究者才有兴趣。西尔维娅·普拉斯已将这些诗（大部分写于十几岁时）坚决地置于身后，她自己肯定不会重新发表它们。然而，有一些诗对于普通读者来说却值得保存。它们至多与她后来写的东西一样独特而完整。这些诗也许显得雕琢太过，但总被她独特的激情所照亮。从一开始，她的诗行在声响与构造上呈现一种深刻的数学的必然性。读者在此可以看到，她的写作如何严格地依赖一个内在象征与意象的超压力系统，一个封闭的宇宙马戏团。如果投射成视觉，这些诗的内容与模式就像奇怪的曼荼罗。作为诗，它们总是灵感启发下的嬉戏，然而也意味着更多。再差强人意，它们也能描绘出她最后起飞前的全部加速过程。

这些早期作品中的大部分以最终打字稿存留下来；至于其他的，有的从杂志上重新找到，既无打字稿也没有刊登在杂志上的，就从信件和别处寻获。很可能还有一些诗作仍隐藏着。除了以概略的轮廓，该阶段作品的时间顺序几乎无法确定。有时，写作日期能从信件或杂志的发表时间得以确定，但她偶尔也拿起那些诗——甚至在几年后——加以修改。我从 1956 年之前的整个时段选了看上去最好的五十首——尽可能按照其创作顺序——作为附录印在本书末尾。

西尔维娅·普拉斯作品的第二阶段是从 1956 年初至 1960

年底。1956年初是一个分水岭，因为年内她写出了第一本诗集《巨像》的最初一些诗。从这时候起，我与她一同亲密地工作，看着她写下这些诗，所以我很确定所有作品都收入了。我们曾搜寻这些年份，没能挖掘出更多的诗作。它们全都有最终的打字稿。该阶段的时间顺序较为可信，虽然还是有些问题。作为一个诗人，当她意识到她真正的主题与声音时，她就演变得非常快，经历风格的连续蜕变。每一个新阶段都产生一组具有普遍家族亲缘性的诗，在我的记忆中，它们通常与某个特定的时间、地点相联。我们每往前走一步，她似乎都蜕掉一种风格。

所以在这个时期，一组组诗的顺序相当确定。我现在没有把握的是，在同一组内哪一首先写，哪一首后写。在它们中间，零散的某一首偶尔冒出来，像许久以前的残余物。偶尔地，她有所预见，会写下现在看起来靠后一些的诗（例如1956年之前的《两个恋人与真实之海的流浪汉》，或1956年的《生日之诗》中的《石头》）。有好几次，我能准确地将诗作回溯至其时间和地点。（1956年6月21日，她在塞纳河护墙旁写下《德雷克小姐去吃晚餐》。）然而有一两次，她留在稿子上的日期与我确定的记忆相互矛盾。所以我绝没有试图在无日期的稿子上添加一个日期。幸运的是，1956年之后她保存了一个完整的记录，记下她将诗发送给杂志时的日期。她通常在写好诗之后尽快地记下，这为我的近似排序定下一个界限。

从编者的角度来看，她作品的第三个即最后的阶段始于1960年9月左右。那段时间，她开始习惯性地为每首诗的最终打字稿注明日期。有两三次，当她事后修改一首诗时，她也会为修改稿标明日期。自1962年年初，她开始保存她所有的手稿（她已经系统地销毁了那之前的），暂定的终稿也都标上日期。所以这段时期的日历顺序是正确的，唯一可能的疑问是她同一天内写的诗的次序。

我打消了一个念头，即将她最后之诗的手稿以异文版本的形式翻印。按理说，这些手稿是西尔维娅·普拉斯作品全编的重要部分。有的手稿充满了惊人而漂亮的短语和句子，全挤在一起，有很多与她最后选出来写成定稿的同样出色。但把它们全部印出来将是一本巨册。

我在此感谢朱迪丝·克罗尔，她细看了一遍稿子，帮助确定终稿的许多细节部分。感谢印第安纳大学伯明顿分校的莉莉图书馆，允许我使用西尔维娅·普拉斯青年时代作品档案室。

泰德·休斯
1980 年 8 月

Ariel
(for al)

Stasis in da........blue
Then the su........s.
Pour of to........

God's Lion
How one
Pivot of ....a furrow

Splits a
The brou........
Of the na........

Nigger-ey
Berries ca
Hooks—

Black sweet ....anfuls!
Shadows!
Something else

Hauls me throw........
Thighs, hair;
Flakes from my heels.

White
Godiva, I unpeel—
Dead hands, dead stringencies!

And now I
Foam to wheat a glitter of seas.
The child's cry

Melts in the wall.
And I
Am the arrow,

The dew that flies
Suicidal, at one with the drive
Into the red

Eye, the cauldron of morning.

—Sylvia Plath—

1　废墟间的对话^①

带着疯狂的愤怒，你阔步穿过
我雅致房屋的柱廊，惊扰
水果花环、绝妙的琴声与孔雀，
撕裂抵挡旋风的礼仪之网。
此刻，华丽整饬的众墙坍塌；秃鼻鸦
在骇人的废墟上呱叫；在你
暴风之眼的阴霾光线中，魔法
如胆怯的女巫，在破晓时飞离城堡。

断裂廊柱勾勒出岩石景象；
你穿着大衣和领带，站姿英勇，我
端坐，身穿希腊长袍，长发盘髻^②，
于你的怒视中生根，这戏成了悲剧：
我俩破产的庄园已如此荒芜，
词语的仪式如何弥补这场浩劫？

2　冬日风景，秃鼻鸦

磨坊水槽里的水，穿过一个石闸，

跌入漆黑的水潭，
一只荒诞的不合时令的天鹅
漂浮如贞洁的雪，嘲弄那
把白色倒影拖下去的阴暗渴念。

严肃的太阳从沼泽上落下，
一只橙色巨眼，不屑于
再看一眼这苦恼景象；我被
阴沉思绪的羽毛覆盖，潜行如
秃鼻鸦，忧虑着冬夜的降临。

去年夏天的芦苇全嵌入冰中，
如你的形象深入我眼睛；干霜
镀上我伤口的窗；岩石间
能凿出何种安慰，让心的荒原
再度变绿？谁会走入这荒凉之地？

3 追 猎③

"森林深处，你的形象追随我。"
　　　　　　　——拉辛

一头豹子追我到底：
　　总有一天我会死在他手上；

---

① 这首诗受启发于基里科(Giorgio de Chirico) 1927 年同名画作。
② "长发盘髻" (psyche-knot)：希腊神话中，普赛克(Psyche)是爱神厄
洛斯的爱人，人类灵魂的化身。
③ 该诗作于普拉斯与泰德·休斯初次见面之后。

4

他的贪婪点燃树林，
他搜捕觅食，比太阳更威严。
步伐轻柔而温雅地滑动
　　总在我背后推进；
　　枯瘦的铁杉之上，秃鼻鸦呱叫灾难：
追猎开始，捕捉器弹起。
白热的正午，我跋涉岩石，
被荆棘刺伤，心力憔悴。
　　沿着他血脉的红网
什么样的火在奔蹿，什么样的饥渴在苏醒？

永不知足，他劫掠这块
　　因先祖的过失而被诅咒的土地，
　　大叫：血，让血飞溅；
肉必须填满他嘴的赤裸伤口。
撕咬的利齿多热切，
　　火爆的皮毛多甜蜜；
　　他的吻是炙烤，爪子是荆棘，
厄运成就了那嗜欲。
这凶猛的大猫所到之处，
　　被蹂躏烧焦的女人横卧，
　　点燃如火炬，只为取悦他，
成为他饥饿之躯的诱饵。

此时群山孵出威胁，产下阴影；
　　午夜笼罩闷热的树林；
　　黑色掠夺者，腰腿稳健
被爱拖曳，与我保持同速。
这轻盈者潜伏于我眼内
　　盘根错节的灌木后；梦的伏击中，
　　撕碎肉体的爪子闪亮，

饥饿，饥饿，紧绷的大腿。
他的激情诱捕我，点亮树林，
　　我奔跑，欲火焚身；
　　何种抚慰，何种清凉能庇护我
于那黄色凝视的烛燃与烙烫下？

我抛出心阻挡他的步伐，
　　我抛洒鲜血满足他的饥渴
　　他吃了，但仍要觅食，
强索完全之献祭。
他的声音伏击我，如咒语让我恍惚，
　　树林被挖空，化为灰烬；
　　隐秘的欲望令我惊骇，我
在这强光的袭击下夺路而出。
我进入恐惧的尖塔，
　　将黑暗的负疚拒之门外，
　　闩上门，每道门都锁。
血液加速，在我耳朵里敲锣：

那头豹踩着楼梯，
一步步爬上楼梯。

4　田　园　诗

五月天：两人这般来到郊外：
"雏菊开满草地，"他俩相互低语，
如此合为一体；找个地方躺下，
穿过带刺栅门与褐色牛群。

"举草叉的农民别过来，"她说；
"愿鸡鸣保佑我俩，"他说；
在黑刺李丛林花枝旁，他俩
脱下外衣，踏上绿床。

底下：一片水沼地；
斜向：一坡刺人的荨麻；
还有恪尽职守、默默吃草的牛；
头顶：绿叶幽浮出白色大气，白云。

一下午，两位恋人如此躺卧
直到暖阳变得暗淡，
直到惬意的风变调奏响危险：
残忍的荨麻刺破她脚踝。

悔恨，极度懊恼，那柔嫩的皮肤
竟遭如此毁灭之伤，
他跺脚，把刺痛他心爱姑娘
的根茎踩碎贴地。

此刻，他偏离了正确的道路，
职责已尽，准备离开；
而她站着，灼痛，毒液缠身，
等待更尖锐的剧痛消退。

5　浴缸的故事

眼睛的摄像室
记录光秃的粉墙，一盏电灯

活剥了水管的铬铁神经；
这般贫穷刺伤自尊；在这
惟独真实的房间被赤裸裸逮住，
那盥洗室镜中的陌生人
礼貌微笑，重复我们的名字，
但一丝不苟地映现日常的胆战心惊。

我们何愧之有，当天花板
没有显出可破译的裂缝？当脸盆
宣称它并无神圣的召唤
只是用来洗浴，当毛巾干巴巴地
否认它清晰的褶皱里藏着
凶猛的巨怪脸？或者，当窗户
被蒸汽致盲，它不让以模糊阴影
遮蔽我们前途的黑暗透过？

二十年前，那熟悉的浴缸
繁殖一大堆预兆；但现在
水龙头不再滋生危险；所有螃蟹
和章鱼——它们在视线外乱爬，
等待偶然的仪式间歇
以伺攻击——已全然消失；
真实的大海拒绝它们，还要
将幻想的血肉剔净，露出实在的骨。

我们入水；肢体在水下
摇摆，淡绿色，颤栗着褪去
真正的肤色；我们的梦幻能否
模糊那禁锢我们形体的
固执的线条？就算眼睛厌恶地
闭上，绝对事实仍然侵入；

那浴缸就在身后：
它闪光的表面泛白而真实。

然而可笑的赤裸的侧体
总催促某种织物来掩盖
这般光秃；决不能凑近细看：
每一天都要求我们全盘创造世界，
以多彩的虚构外衣掩饰
日常之恐怖；在伊甸园的绿意中
我们以面具掩饰过去，假装未来的闪亮果实
能从当下废墟的肚脐中抽芽。

就在这浴缸里，双膝如冰山
突起，细小的棕色绒毛
从手臂和大腿上浮起，如海藻穗；
绿色香皂航行于飞溅的潮水，
海浪拍打传说中的岸；凭借信仰
我们登上想象的船，狂野地航行在
疯子的神圣岛屿之间，直到死亡
击碎传说中的星星，让我们回归真实。

6　南方日出

色彩如柠檬、芒果和蜜桃，
这些童话般的别墅
仍在百叶窗后
做梦，它们的阳台
精致如手工
蕾丝，或一张花草素描。

随风倾斜，
箭一样的树干，
菠萝似的树皮，
一株新月形棕榈枝
向上发射
叉状叶焰。

拂晓明净如石英
一寸寸光亮
为我们的大道镀金，
被蔚蓝浸透的
天使湾上空
升起圆圆的红西瓜太阳。

7 穿越海峡

暴风雨袭击甲板，狂风拉出凄厉警报；
一次次倾斜、震荡与战栗，我们迟钝的船
劈入惊涛骇浪，如阴郁之怒火，
浪头猛冲，袭击顽固的船壳。
我们被飞沫痛打，迎接挑战，
抓紧船栏，眯眼前眺，想知道这股力

能持续多久；然而远处显露出
中立景色，饥饿的大海一级级推进。
底下，旅行者躺卧，被摇晃得恶心，
在晃眼的橙色脸盆里干呕；一个黑衣难民
在一堆行李间伸开四肢，弯腰驼背，
畏缩在紧箍的痛苦面具后。

远离那危险空气里的甜腻恶臭——
我们的同志在里面被出卖——我们冻僵了，
惊奇于大自然摧毁性的漠然：
还有什么比抵抗这猛攻
更能检验强健的体魄，这任意的冰爆
如天使与我们角力；穿越轰鸣浪潮

而靠岸的渺茫机会嘲弄并激发
我们的勇气。蓝衫水手高唱，我们的旅程
将充满阳光、白鸥、明亮的海水
斑斓如孔雀；然而，荒凉的礁石
早早地突出海面标示我们的启航，天空
愁云密布，这凶日的阴沉光芒

将白垩悬崖照得一片惨白。
此刻，阴差阳错，我们免于承受
击垮了我们兄弟的共同之恶①，摆出一副
讽刺的英雄站姿，以掩饰我们
对这无人能制止的罕见喧嚣的惊畏：
温顺的与骄傲的全倒下了；赤裸裸的暴力

使所有墙成为废墟；私人房产遭损毁，
在众目睽睽之下被抢劫。我们现在放弃
个体的幸运，纽带或血缘迫使我们
履行某些未言明的契约；也许此地
关怀已无用且多余，然而我们必须
做出姿态，弯下腰，扶住躺卧者的头。

---

① "共同之恶"（common ill）：普拉斯在此戏仿了"共同/普遍之善"（common good）。

如此我们驶向其他人的城市、街道
和家园，那里的雕像庆祝
和平或战时的英勇行为；一切危险
终止：绿色海岸涌现，当码头叫停
我们短暂的史诗，我们承担姓名与行李；
一切债务随抵达终止；我们与陌生人一同走下船板。

8　景　象

沼雾滑行在
橙色瓦片屋顶
与烟筒之间
灰白如鼠，

悬铃木
斑驳的枝条上
两只乌鸦弓着背
暗中瞪视，

以苦艾酒的眼
守望黑夜，
歪着头注视
这孤独的夜行人。

9　皇后的怨言

这巨人赫然显现于

巧言令色的大臣之间，出现在她面前，
手臂如起重机，
面目凶猛，漆黑似鸦；
嗬，他阔步而入时，所有窗户都震碎。

在她精致的领地上，他横冲直撞，
粗鲁地对待她温柔的鸽子；
我不知道
怎样的愤怒驱使他杀死
她的羚羊，它对他毫无恶意。

她冲他的耳朵斥责
直到他对她的哭声稍有怜悯；
盛装之下
他让她露出双肩
给她慰藉，但在鸡鸣时抛下她。

她派出一百个使者
去傲慢地召唤一切强悍男人，
他们的力量要与她睡梦的形状
与她的心思吻合——
这群嫩草，没一个配得上她闪亮的王冠。

她如此来到人迹罕至的山隘，
于血泊里跋涉，顶着烈日与狂飙
对你这般唱道：
"多悲哀啊，唉，看到
我的臣民缩水成这么小，这么小。"

10 泰德颂

我男人的靴子嘎吱一踩，
燕麦就伸出绿芽；
他命名一只田凫，兔群惊溃
敏捷飞蹿至
发嫩枝的悬钩子树篱，
红狐狸潜行，鼬鼠机警。

小土丘，他说，是鼹鼠
从挖虫的洞里拱出来的；
鼹鼠有蓝色皮毛；他举起白垩燧石
用岩石砸开球状石英；
色彩被剥去表层，变得成熟，
丰富的褐色，突闪于阳光的辉映。

他随便看一眼，荒地便出产作物：
被手指犁过的每一片田野
喷涌出根茎、叶子、果实般翡翠；
亮晶晶的谷物罕见地快速生长
是他早已以意念催成；
他的手坚定地命令，鸟儿便筑巢。

斑鸠在他的林子里栖息，
将歌谣抽成褶子来迎合
他漫步的心情；这亚当的女人
怎能不万分高兴，
当整个大地受他词语的召唤

跳跃着称颂如此血统！

1956.4.21

11　火　之　歌

我们天真地出生于
这有缺陷的花园，
然而在斑驳灌木中，我们的看守
恶意地潜伏，如一只浑身疣瘤的蛤蟆，
设下陷阱，
绊倒雄鹿、公鸡、鳟鱼，直到一切
美好之物都被骗，在鲜血中蹒跚。

现在我们的任务是
从他谜般的垃圾堆①里砍出
一些可以穿戴的天使形体，那里一切被扭曲，
任何直接的调查
都无法解开，
精明的抓捕挫败我们每次闪光的行动，
使之变回阴郁天空笼罩下的稀泥。

不咸的盐压弯
草梗，我们应付杂草丛生的局面
被红太阳灼伤，
我们举起圆燧石，强忍血管里带刺的绑缚；

---

① "谜般的垃圾堆"（crabbed midden）影射1956年英国皇家海军潜水员克拉伯（Lionel Crabb）在调查苏联军舰时离奇失踪的事件。

勇敢的爱人，别梦想
止住这般严厉的火焰，来吧，
紧靠我的伤口；燃烧吧，燃烧吧。

12　夏日之歌

我与我的乡下情人
走在沼泽和农田间，
我见牛群缓慢移动
如白色大船当日巡游；
甜草长出，供它们嚼。

天空看上去明亮：
远方湛蓝，高处，
云朵驾驭抛光的气流；
云雀升起，你追我赶
飞来赞美我的爱人。

中午，阳光的直射
鼓舞我心，仿佛
心是一片尖的绿叶
被爱的愉悦点燃成
炽热的火焰。

我们就这样谈话，
漫步于星期天甜蜜的
气氛（我们仍在那儿漫步——
顶着烈日）
直到夜雾升起。

13　珀耳塞福涅两姉妹[①]

那里有两个女孩：一个坐在
房子里；另一个，在房外。
光与影的二重奏
在她俩之间持续一整天。

镶墙板的阴暗房间内，
第一个在一架数学机上
运算问题。
当她计算每一个总和，

枯燥的滴答声便记下时间。
她老鼠般的斜眼
精明于这不孕的事业，
她身体瘦弱，苍白如根茎。

第二个躺卧，如古铜色泥土，
倾听滴答声被吹成金色
如明亮空气中的花粉。
她在一畦罂粟旁平静下来，

看见它们血色花瓣的
红丝绸在闪耀
向着太阳的刀锋燃烧，绽开。
那绿色祭坛上

---

① "两姐妹"暗指希腊国王保罗一世的两个女儿。

后者自愿成为太阳的新娘，
迅速孕育种子。
骄傲地分娩，躺卧草丛中，
她生下一个帝王。另一个

变得柠檬般蜡黄、苦涩，
直到最后还是苦笑的处女，
向坟墓走去，胴体荒芜，
嫁给蛆虫，仍算不上女人。

14　名　利　场

这女巫悄悄行走于
打霜的阴霾气象，手指如钩，仿佛
置身一场危险的通灵，
只要它持续
就能让她与天堂相连。

嫉妒的眼角里
鱼尾纹复印着脏树叶的脉络；
冰冷睨视偷走天空的色彩；当喧闹的
钟声召唤神圣者，她以舌头
回敬那只乌鸦，

它在她头骨的粪堆上方
劈开毛茸茸的空气；没有刀子
比得上她犀利的目光，它能占卜
去教堂的纯真女孩被何种幻想伏击，
何种心的炉子

最能烘烤面糊
里面酵满每一个多情蠢蛋的迷失
愿意为一件小玩意
在蕨植床垫上挥霍夜枭时分，
无可救赎的肉体。

这女巫放置足够多的镜子
以对抗处女的祷告，
让美人心意烦乱；
来一首情歌，她们就神魂颠倒
每个虚荣的女孩都被灌输

除了心的燃烧之外别无他火，
也不相信书里的证明：
眼皮闭上后，太阳会使灵魂上升；
她以意念驱使所有人至那黑国王面前。
最邋遢的女人

与最优秀的皇后竞争
谁应作为撒旦之妻而焚烧；
一百万个新娘在泥屋子中尖叫。
有的烧一会儿，有的烧得久，
这群骄傲的女巫，全被绑在火刑柱上。

15　妓女之歌

白霜消散后
一切绿色梦幻不值一钱，
生意清淡的一天结束，

时间拜访那肮脏的娼妓：
我们的街上回响着她的吵闹
直到每个男人，
红润、苍白或黑肤，
皆转向懒散的她。

我叫道，注意那张
注定承受暴力的嘴，
那缝合的脸
歪斜，斑点、凹痕和伤疤
被严厉的岁月击打。
从那里走过的人
都无法腾出一口气
用爱的烙印来修补这恶臭的鬼脸，
它从黑色小湖、沟渠和杯子中
仰视我
极贞洁的双眼。

16　锅匠杰克与整洁的少妇

"来吧，夫人，把那口
黑漆漆的锅拿来，
随便拿什么锅来，这修补大师
都能补回原样。
我将修好银盘的
每处损伤，
擦亮你火炉旁
那口铜壶
擦得血一样亮。

"来吧，夫人，带那张
暗淡无光的脸来。
模糊的双眼中，时间的煤灰
能再度闪亮，
只要很少钱。
不论任何扭曲的形体——
驼背或罗圈腿——
锅匠杰克都能把丑妇
锻造成美女。

"熊熊大火
造成的任何伤害
杰克都将使之愈合
运转正常。
任何被敲碎
之心的伤痕
杰克都能修葺。

"如果世上
还有欢乐的
美丽的少妇，
劳作还没有将她们的
好皮肤熏烤至枯萎，
就让杰克在离开前
从她们的白热里
引火。"

17 农 牧 神

他像农牧神那样弓身，
在月光与沼地霜的树丛间呼叫
直到森林细枝上所有猫头鹰
都拍打黑翅，注视并思忖
这男人的呼唤。

四下寂静，除一只骨顶鸡
醉醺醺摇晃着沿河岸归家。
星星倒挂水中，一排
星眼的重影照亮
猫头鹰栖息的枝头。

黄眼睛的竞技场
观看他不断变化的形象，
看脚硬化成马蹄，看羊角
长出。看这神灵如何起身，
以那外形驰向树林。

18 街头之歌

因一个疯狂的奇迹，
我毫发无伤地穿行于
挤满人行道、大街
与吵闹商店的乌合之众；
没人眨一下眼，张嘴

或叫喊，这块生肉
散发着屠夫剁肉刀的恶臭，
它的心和肠子挂在钩子上
血淋淋如一头开膛的牛
被穿白夹克的刺客们瓜分。

哦，不，聪明的我迈开大步
如侥幸逃跑的白痴，
买酒和面包
以及盔形黄菊——
以最合适的物件武装自己
无论如何，避开由刺伤的
手、脚和头引起的怀疑，
还有从剥去皮的体侧
染出一片鲜红的
巨大伤口。

我每根毁坏的神经末梢
都以高过路人耳朵的音调，
啼啭它的伤痛；
也许，我被你缺无的丧钟敲聋了，
但惟有我能听见
太阳的烧焦的尖叫，
被掏空内脏的星辰的
每一次下沉与坠落，
比鹅更笨的我，却听见
这崩坏世界持续的叽喳与嘶鸣。

19　致纯粹主义者的信

那宏伟的巨像①
双腿横跨
大海妒意的攻击
（一波一波
一浪一浪地，永恒地
企图毁灭他），
也不能跟你比，
哦，我亲爱的，

哦，我的大笨蛋，
你一只脚
陷入（可以这么说）
皮和骨的泥坑，
另一只慌乱拔出，
在莽撞的云杜鹃的
荒唐的属地
瞪视完美的月亮。

20　唯我论者的独白②

我？

---

　　①　"巨像"（colossus）似指希腊罗德岛太阳神巨像，为古代七大奇迹之一。
　　②　这首诗受启发于1956年6月波兰的波兹南起义，诗中"月球洋葱"暗指俄罗斯的拜占庭式建筑，同时也是美苏太空竞赛的象征。

我独自行走；
午夜的大街
自动旋转于我脚下；
我闭上眼
这些做梦的房屋全熄灭；
我突发奇想
天空中的月球洋葱
便高高挂在山墙上。

我
走远些
房屋便收缩，
树变小；我目光的束带
吊晃着玩偶似的人们
他们未察觉自己变小，
欢笑，接吻，醉酒，
也没想到我若眨眨眼
他们就死了。

我
心情不错时
给草以绿色，
把天空点缀成蓝色，
赋予太阳以金黄；
然而心绪冷漠时，我
掌握绝对权能
拒绝色彩，严禁任何花朵
绽开。

我
知道你鲜活地

出现在我身旁，

你否认你蹦自于我的脑袋，

你宣称你感受到

火热的爱，足以证明肉体的真实，

虽然很明显

你所有的美貌与机智，亲爱的，

皆拜我所赐。

21　幽魂与神父的对话[①]

矍铄的肖恩神父晚上漫步于

教区长住宅的花园。这天阴冷潮湿，

暗淡的十一月。阵雨滑过，

每根花梗与棘刺上都立着冷颤的露珠；

一片蓝雾自潮湿的泥土旋转上升

缠入网般的黑暗枝丫，如一只传说中的鹭。

肖恩神父的独处被猛然打破，

他毛发刺立，

觉察到一个幽魂

从那雾中显形。

"现在咋样？"肖恩神父爽快地问幽魂，

它晃悠，状如薄纱，散发燃木烟味，

---

① 这首诗背景是 1956 年冷战严重升级的"黑色十一月"。"肖恩神父"或指当时《纽约客》编辑威廉·肖恩（William Shawn），他坚持以整期杂志报道广岛、长崎的原子弹爆炸。

"你现在干什么行当？
看你灰蓝的脸色，你住在地狱冰冻的荒原
而非燃烧部分。然而看你炫目的外表，
高贵的气派，也许你最近才离开天堂？"

以结霜的嗓音
幽魂对神父说：
"我不常来这些乡野：
我出没于大地。"

"好，好，"神父不耐烦地耸耸肩，
"我没要你编织些关于镀金竖琴
或噬人火焰的荒唐神话，只需告诉我，
你死之后，上帝为你的一生颁布了
什么样公正的结语？满足一个
好奇的老家伙的提问，何难之有？"

"我在世时，爱情咬噬我的皮
啃成这白骨；
爱情那时怎么做，现在依旧：
她啃空了我。"

"怎样的爱啊，"神父问，"欠缺的
泥身有怎样的大爱，竟引发这惨剧？
你现在被诅咒：
你以为从未离开过世界，你像在世时
那般悲痛，在折磨中枯萎，
以魅影之身为那引诱盲人的罪行赎罪。"

"大限之日
尚未降临。

在此之前
一罐尘土即我家。"

"痴情幽魂，"肖恩神父大喊道，
"世间竟有如此执着——
一个狂热的鬼魂，紧抓已死的枯枝肉身
如暴风中最后一片叶子？你最好走吧，
去更高法庭领受圣恩的判决。
忏悔吧，快走，在上帝的霹雳号声撕裂天空前。"

幽魂从那薄雾
对神父赌咒说：
"没有法庭高于
人的一颗红心。"

22　贪　食　者

他，被饥饿刺痛，难以满足，
正适合我的厄运，
（没人在如此热度下
还能保持礼节）
一切价值在于成为一块
以他最喜好的口味调制的肉；
血的浓汤，
他信手窃取，
欢宴上的热酒
盛于杯中，张嘴即来；
哪怕每盘佳肴塞满精华，
他也不会放过或克制

他的需求，直到
食物橱被洗劫得只剩骨头。

23　凌晨三点的独白

最好每根纤维都破裂
愤怒破土而出，
血浸透鲜艳的
沙发，地毯，地板
和蛇形的年鉴，
证实你离这儿
一百万个绿色县城那么远，

而不是默然静坐，
在刺人的星辰下这般抽搐，
用瞪视与诅咒
抹黑时间。
告别过后，火车开出，
我，宽宏的大傻瓜，就这样
从我的国度中被撵走。

24　德雷克小姐去赴晚餐

对于那些复杂的仪式
她已不是新手；
它们缓解了多结的桌子
与扭曲的椅子的恶意，

病房里新来的女人
身着紫色，小心翼翼地行走于
鸡蛋壳与易碎的蜂鸟的
秘密组合间，
脚步灰黄，如百叶蔷薇间
的一只老鼠，它们慢慢张开
长着皮毛的花瓣
吞下她，把她拖入
地毯的图案。

她鸟类般迅疾的歪斜眼神
能在千钧一发之际看见
危险的针头如何扎坏地板
智破它们荆棘般图阵；
此时穿过危机四伏的空气，
目眩于碎玻璃的
明亮碎片，
她缓慢移动，呼吸谨慎，
避开锯齿和牙齿，
直到她侧身一转
先后提起有蹼的双脚，
走入病号餐厅
那静止而沉闷的空气。

25 改 宗

"我已放弃茶叶，
以及女王掌上
弯曲的纹路，

我都不再关注。
在我黑色的朝圣路上
这月球坑似的水晶球
还未及帮忙就碎裂；
我亲爱的乌鸦
还未呱叫出未来的预报，
就全飞走了。

"放弃冰冷的幻术吧，
还有我曾教导的
对血之花的反对：
没有什么财富或智慧
胜过单纯的血脉，
坦率的嘴。
在时间终结之前
回到你稚嫩的青春吧
用你白皙的手
做点善事。"

26　伯　劳　鸟

当漆黑的夜降临
庄严的梦召唤这个男人
将他从尘世之妻的
身旁提升，
睡梦之翼拍打
异样的空气，
而她，嫉羡的新娘，
无法跟随，只好躺着

睁大饥渴茫然的褐色眼珠，
以爪状手指
将缠绕的床单拧成诅咒，
在其头颅之笼中晃动
那飞离的丈夫的形体标本，
他飞升入长着月光羽毛的陌生人群；
她在饥饿与愤怒中等待
鸟声喧闹的黎明，
那时她伯劳鸟的脸
将歪斜着啄开那些上锁的眼睑，
吃下皇冠、宫殿，一切
在夜里偷走她丈夫的东西，
以红色的鸟嘴
刺穿并吸光
逃逸之心的最后一滴血。

27 阿利坎特摇篮曲

在阿利坎特，他们在凸起的
鹅卵石上滚动圆桶，跌跌撞撞，
经过黄色肉菜饭的小餐馆
和窄巷里摇摇欲坠的阳台，
　屋顶花园的
　公鸡和母鸡
用鸡冠与咯咯声赶走休憩。

金橘色电车叮叮当当缓行，
从乘客头顶的电缆传来
靛蓝泡沫般的哔哔声：

恋人们徘徊窃窃私语的港口
　听见喇叭嗡鸣自
　霓虹点亮的棕榈
伦巴曲，桑巴曲，震耳欲聋。

哦，让刺耳杂音、爵士乐与争吵的女神，
让风笛与铙钹的沙嗓子的情妇，
成为你的"有活力地"，你的"随想曲"，
"渐强"，"华彩"，"急板"，"最急板"，
　我将头靠在枕上
　（轻奏乐段，极轻地）
里拉琴，六弦提琴，低语着催眠我。

28　与挖蛤的人一起做梦

这梦发芽了，边缘长出明亮叶子，
它的空气被天使筛得洁净；
她回到海滨小镇上先前的家，
枯燥的朝圣之旅损伤、玷污了她。

她光脚站着，因归家而颤栗，
邻居家那幢房子，
墙面木板被擦得亮如玻璃，
在那炎热的早晨，百叶窗被拉下。

什么也没变：花园露台在整个夏季
散发着熔化沥青的刺鼻味，
向大海倾斜，沉入蔚蓝；白色火焰之中，
整个场景闪烁着迎接这漂泊者。

天际高远，海鸥无声旋飞于
潮滩上空，三个孩子在一块
淤泥之上的绿岩上玩耍，安静，闪亮，
他们传奇的黄金时代没有尽头。

一架饰以海扇壳的精美纵帆船
沿着绿色礁石滑行，
他们航行，直到潮汐水沫环绕脚踝，
美丽的船沉没，水手们被丧钟唤回家吃晚餐。

突然被拉回那遥远的纯真，
她，还穿着破旧的旅行衣，正热切地
走向海水，她的冒失闯入使得
那儿挖蛤的人从黑色淤泥里逐个起身。

他们阴森如滴水兽，常年蹲在海的边界，
在乱水草与海浪残骸之间等待，以便
在她首次爱的行动中诱捕这任性女孩，
他们拿着木桩与叉子前进，燧石色眼神充满杀气。

29　婚礼上的花环

哪怕绿叶仅仅见证
这仅签一次的协议又何妨；
哪怕猫头鹰只回答"愿意"，奶牛低哞着
赞同；就让太阳披上明亮的法衣
静止不动，以祝福这对新人吧，
他俩严肃的行为带来双倍好运。

他俩整天躺在带刺荨麻的隐蔽处，
剪过的草尽情袭击每个
感官；如此结合乃忠诚的典范，
双人战争中，他俩寻求一致状态。
现在说点神圣誓言，打消疑虑，
在爱的教堂内造就婚姻。

用飘扬的旗帜召唤所有警惕的鸟
以填满长嫩枝的走廊；带领动物的
嘈杂之舌唱诗："看哪，翅膀拍打
守护他俩的荣耀！"让布满词语的夜晚
祝福那片三叶草地，在那儿
两人共卧如天使，燃烧成一人。

从这神圣之日起，一切飞散的花粉
将在风中播散这稀罕的种子，
每一次充满种子的吹息将使大地
盛产果实、鲜花、可爱的童子军
以杀死龙牙中生出的子嗣： 说着这诺言，
让肉体交织吧，让每一步名声远扬。

30　火焰与花朵的墓志铭

你不妨用钢丝拉起
这波浪的绿峰
以防坠落，或将流动的空气
锚定入石英，正如你可以粉身碎骨
以拯救这对脆弱的恋人
点燃天使妒意的那一触，不让他俩痴情的心

35

烧毁后坠落如焦黑的火柴。

别想用冷酷的摄像机取景孔
将每张脸上一闪而过的光彩
凝固于黑白中，或冻结
嘴的瞬间闪烁以供来日赏看；
星辰开出花瓣，众日忙着结籽，
无论你怎样苦守储藏于脑海的
蜜般的心爱的残骸。

此刻在他们誓言的关键处
挂着你的耳朵，安静如贝壳：听这些恋人
如何预言一个玻璃时代，将拥抱
安全地锁入博物馆的钻石，以供后代
惊愕地凝视；他们竭尽全力
想在一小时内征服灰烬的王国，
将信任秘藏入一块化石。

尽管他们将肌腱铆入岩石
让每次风向标式的亲吻延迟点火，
仿佛为了比火凤凰燃烧得更猛，瞬间刺激
快速驱动敏捷的血气
使之无法被愿望拴牢：他们整夜骑行
在燃烧的心跳之余波中，直到红公鸡
将那彗星之花啄得精光。

黎明熄灭星辰烧尽的烛芯，
尽管爱情的傻瓜呼喊着亘古长青，
不论初燃时多猛烈，蜡的倦怠
总凝塞血管；坚固的合约被撕毁，
在已改变的光芒里畏缩：光辉的肢体

吹灰烬入每个恋人的眼睛；炽热的目光
把血肉烧黑成骨头，一并吞下。

31　狂欢节的甜瓜

贝尼多姆有甜瓜，
整整一驴车

数不清的甜瓜，
椭圆和球形，

亮绿色，砰然有声
全身乌龟般的

深绿色条纹。
选一个鸡蛋形，地球形，

滚一个回家，
在白热的正午尝尝：

乳脂般光滑的蜜瓜，
粉色果肉的巨瓜，

瓜皮隆起的罗马甜瓜
有橙色果心。

每一块都布满
饰钉般的白瓜籽或黑瓜籽，

如五彩碎纸散落在
这集市上吃甜瓜的

狂欢的人群的
脚下。

32　撞　伤[①]

四头公牛的血将竞技场的尘土锈成沉闷的红，
下午在野蛮人群的脚下结局悲惨。
低垂的披肩与误判的捅刺再度拼凑仪式性的死亡，
最强烈的意志仿佛仪式的意志。肥胖，面色阴沉，
穿浓艳的黄衣，戴流苏、绒球、穗带辫子的斗牛士

策马而出，面对第五头牛，他紧握长矛，缓慢地
使劲插入弯曲的牛脖。累赘的惯例，而非艺术作品。
艺术的本能始于公牛角在暴民的哑然中高挂的
一块隆起的人形。整个行动庄重、流畅如一场舞蹈。
血被完美地开启，救赎被污的空气和粗糙的泥土。

33　乞　丐

傍晚，冷眼——都不会令
这些山羊似的悲剧演员沮丧，

<hr>

① 　《撞伤》（The Goring）影射二战期间德军领袖戈林（Hermann Wilhelm Göring），一个面色阴沉的胖子。

他们兜售不幸，像兜售无花果和小鸡，

控诉每一天，谴责大自然
不公而任意的拇指。
在白墙与摩尔人的窗下

不幸那张老实巴交的苦脸
被时间贬损，夸张地讽刺自己，
靠怜悯的铜板滋生。一个乞丐

偶然停在鸡蛋与面包之间，
以拐杖支撑着残腿，
对着家庭主妇抖动马口铁杯。

这些乞丐用残缺与损失
侵犯比他们更柔弱的灵魂，
他们因磨难而生茧，无法被

美好的良知所触及。
                    暮色模糊了
海湾纯粹而铺张的蔚蓝
以及白房子和杏树林。乞丐们

挺过了自己的灾星，嘲讽地，
以一种背信弃义的生命力
使怜悯的黑眼睛困惑。

34　蜘　蛛

阿南西，传说中惹是生非的黑家伙，
心血来潮，你疾跑出来
不顾自身利益
如一把锤子，如一个人握紧的拳头，
然而群魔之中你最聪明，
你的狂欢家喻户晓：
你编织宇宙之网，你从中央区域斜视。

去年夏天我遇见了你的西班牙堂兄，
有名的强盗大亨，
在牧羊人小屋后：
在蚂蚁路线上方的小型石阵旁，
他大小如蚂蚁三分之一，长腿小不点
以一根近乎隐形的绳子
绊倒一只蚂蚁。他绕着其斜坡壁垒

一圈又一圈拉出敏捷的丝，
每转一圈就把那只蚂蚁
更紧地缚在茧上，线圈已遮住
缠绕其上的灰白的石头线轴，
被缚的蚂蚁摇晃腿，发出
迟钝的警告，或安静躺下
让精力更充沛的同伴去搏斗。

然后，快步登上他缚满蚂蚁的祭坛，
以一种骇人的昏沉
对着野蛮的情景

点头赞同，从那里
为他下流的肉欲事业
选择下一个牺牲品。再一次
以他邪恶的轻捷绑缚囚徒。

蚂蚁——一队队来，一队队去——
执着于任何顾虑都
无法打断的既定路线，
遵循本能的指令，直到
被清除出场，声名狼藉地
被一个敏捷的黑色
机械降神裹紧。它们对此毫无惧色。

35　未婚女

现在，这特别的女人
与最新的求爱者
漫步四月天，如一场仪式，
她突然发现自己无可忍受地
被鸟儿参差的嘈杂
与杂乱的树叶袭击。

受这混乱之侵扰，她
观察她情人的姿态如何使空气失衡，
他步伐不稳地
穿过蕨类与花朵的腐臭荒野。
她将凌乱的花瓣
以及整个季节宣判为邋遢。

她多渴望冬天！——
黑与白，
冰雪与岩石的秩序，
谨慎而质朴，每种情绪皆在界限内，
心中霜冻的纪律
如雪花般精确。

但在这儿——鲁莽的抽芽
将她女王般的心智抛入
庸俗的杂色——
难以忍受的背叛。让白痴
在疯人院的春天里晕头转向吧：
她索性抽身而退。

她在房屋周围竖立
这般铁丝网与路障的防御工事，
抵抗叛乱的气候，
以至任何造反的男人都无望
以诅咒、拳头、威胁
或爱来攻破它。

36 韵 诗

我有一只呆头鹅，蜂巢似的
肚子里塞满金蛋，
却一个也不肯下。
以鹅的那点智慧，她阔步于
谷仓前的空地，像长爪子的巫婆
冲着男人抛媚眼

咧开嘴笑，满脸皱纹，
叮当地摇晃她们的大钱袋。
我吞下沙砾，
她却吃精细谷粒而肥胖。
现在当我磨刀时，她却来
乞求原谅，如此的

谦卑，我就算
用这快刀割自己
也不愿乘人之危，
然而——看那闪亮的羽毛！

她的红宝石渣滓
从一道冒烟的割缝中涌出。

37　离　开

院子里无花果树上的无花果绿了；
绿藤上的葡萄也变绿
荫蔽着红砖砌成的回廊。
钱用完了。

大自然如何知晓，竟平添愁烦。
我们的离开，没有礼物，没有悲痛。
太阳照耀未成熟的谷物。
猫儿在花梗间嬉戏。

回忆无法缓解这贫乏——

太阳的黄铜色，月亮的铁灰绿锈，
世界的铅炉渣——
却总是暴露

凹凸的岩嘴，它庇护小镇的蓝色海湾
不受外围海浪无尽的
残酷的撞击。
一座被海鸥粪污的石屋

将低浅的门楣暴露给日晒雨淋侵蚀：
羊群蹒跚在突起的
赭色岩石间，忧郁，毛皮发臭，
舔着海盐。

38 伤 感

女巫的标记下，泥浆般床垫上
说梦话的处女在一摊紧簇的血泊中
以诅咒绞死月亮上的男人，
背着柴捆的杰克①，在他无缝的蛋里：

孵化于供豪饮的红葡萄酒大桶，
他在里面称王，脐带不连接任何呻吟，
而美人鱼却以一张缝针的皮为代价
换来每一条白皙的腿。

---

① Faggot-bearing 也暗示"同性恋"，普拉斯在日记里曾提到一个关于月亮上的樵夫的传说。

39 决 断

雾霾之日：晦暗之日

双手
不听使唤，我等待
送牛奶的车

独耳猫
舔它的灰爪子

煤火燃烧

外面，小小的篱笆叶子
变得这么黄
一层乳白薄雾
模糊窗台上的空瓶

没有荣耀降临

两滴水伫立在
邻居家玫瑰丛的
拱形绿梗上

哦，荆刺弯下腰

猫爪出鞘
世界旋转

今天
今天我不会
让我的十二位黑衣考官幻灭
也不会在风的嘲笑中
攥紧拳头。

40 土地拥有者

租来的阁楼，无一寸泥土
可称之为我的，除了空中尘埃，
于是我毁谤这铅灰景象
一模一样的灰白砖房，
橙屋顶，橙烟囱，
我看见第一座房屋仿佛
挂在镜子间，它生出一个布满
愚蠢复制品的幻影走廊，
住着若有如无的人。
　　　　　然而土地拥有者
有自己的白菜根，一片星辰的空间，
与生俱来的和平。这些事物
让我满眼的映像成为
幽灵的映像，它们嫉妒地
将死亡定义为在一片土地上扎根；
将生命定义为雾状漫游。

41　埃拉·梅森和她的十一只猫

老埃拉·梅森养猫，最后共有十一只，
在她摇晃的房子里，萨默塞特露台旁；
人们见我的邻居家猫儿出没
便向我问道：
"照顾那么多猫的女人，她的脑子
一定有问题。"

她脸色红润如西瓜，但嗓门怪怪地
早就呼哧哮喘，埃拉·梅森
不知为何
成了泰比、汤姆等等的女主人，
用奶油和鸡肠子满足众猫
挑剔的口味。

据村子里传说，埃拉从前
神气活现，削瘦而傲慢
一个活脱的时髦美女，
以碧色眼神情杀死纨绔子弟；
现在她发胖成了老处女，关门闭户，
只放猫出入。

我们这些孩子曾经溜进去偷窥
梅森小姐在堆满盘子的厨房打瞌睡。
椅子背套上
桌上，壁橱间，猫儿公然躺卧，
毛茸的喉咙里滚出粗鲁的呜呜声：
如此洪亮的猫！

我们乱戳、傻笑，随时准备开溜，
兴奋地朝结满蛛网的门里盯看，
看到那黄色怒眼，
守卫的猫趴在它们的偶像旁，
埃拉在昏睡，光泽的脸长出猫胡子，满脑子狡猾：
不愧为猫的斯芬克斯女王。

"瞧！猫小姐梅森，她来了！"
我们窃笑着看她摇晃走下萨默塞特露台
去市场上买她的宝贝，
在每个旺季买更巨大、更邋遢的猫；
"埃拉小姐与十一只猫同谋，
她已经疯了。"

时间久了，我们也变仁慈，只见到
埃拉小姐对着结婚的女孩
孤单地眨绿眼睛——
端庄的女子，柔嫩的女子，她们无需
如失意的荡妇在那新婚之夜独自愠怒，
如野猫般遭厌。

42　看水晶球的人

格尔德坐在她幽暗的帐篷里，
纺锤般的腿，削瘦的脸随岁月
而黝黑，她被这艰苦的行当
搞得瘦骨嶙峋了；锃亮的水晶球
还未被时间玷污，悬在她手里犹疑不决，
一个融合时间之三维的透镜。

那两人进来，轻叩她视线，这对
刚从誓言中冒出的绿叶："来吧，请说出
我们在一起将会怎样，是好
还是坏。"格尔德瞥了两人一眼：
正浓情蜜意，适合严酷的气候。
她慢慢转动水晶球：

"我看见两株健壮的苹果树
树枝缠绕交合，
茁壮的树苗
在四周发芽；兴盛的日子
会给这家庭带来愈好的收成，
丰收的果实随风而至。"

"没有困难？"他问。"我们
会直面一切考验，不妨实话实说。"
他的新娘补充道。于是
格尔德将水晶球转得闪耀如火："暴风雨，"
她承认，"也许给嫩枝造成灾难，然而
也让果园更坚强。"

付点钱后，这对新人
走到洒满阳光的户外，激动地
享受他俩的全盛时期。
格尔德像木乃伊一样漠然蹲着
察看那千里眼石英，它曾按她的意愿，
迫使她首次看见这严厉的时分。

那时格尔德还是一个自由自在的野丫头
渴望凭借机智掌握比一般女人
更高的眼界：预见她的情人的忠诚

和他俩未来的命运，她冒着
被教会诅咒的危险，学会了雇佣
魔鬼的邪咒。

末日爆炸似的闪光撕裂了夜的黑幕：
上帝的功绩在那闪光中停驻
将所有世代的白昼的太阳凝缩成一个，
好让乞丐格尔德将目光对准
蛇发女怪般的景象，它把刺穿时间之核的
人的心变作石头。

格尔德彼时所见被刻入脑海
如月球上的瘟疫之坑：每个花蕾
都从根部萎缩成灰烬，
每一场爱情都朝着失望结局熊熊燃烧——
固定于水晶球中心，狞笑着的
乃是大地上常绿的死神之头颅。

43 十一月的墓园

景象固执站立：一毛不拔的树
积藏去年的叶子，不愿哀悼，身披麻衣或转向
哀伤的森林女神；阴郁的草叶
守护自己铁石心肠的草色翠绿，
无论浮夸的头脑如何蔑视
这般贫乏。这墓园的铺路石之间

听不到使勿忘草盛开的
死者的哭喊。此处，实实在在的腐烂

拆解心脏，剔净骨头，
摆脱虚构的血管。当一具荒凉的尸骨
显得巨大而真实时，圣徒们纷纷噤声：
苍蝇在太阳下没有目睹复活。

凝视吧，凝视这本质的景象
直到你的眼将炫目的幻影强加给风：
无论什么样迷失的幽魂在闪烁，
被诅咒，披着寿衣在荒野里嚎叫，
咆哮吧，向那根套着饥渴灵魂的狗绳，
那灵魂游荡在空房间和无人租住的空茫大气。

44　雨天的黑鸦

彼处僵直的树枝上
弓着一只黑鸦
在雨里梳理又梳理它的羽毛。
我并不期待一个奇迹
或一场意外

在我眼里点燃
这场景，也不在
散漫的天气中再寻找某些意图，
就让斑驳的树叶这样落下，
没有仪式，没有征兆。

我承认，尽管我偶尔
渴望沉默的天空
能回嘴，我仍无法诚实地述说：

一盏小灯会
从厨房桌椅上

激动地跃起
仿佛一团天国之火不时地
附体在最迟钝的物件上——
通过赐予宽宏，敬意，
或者说，爱，

使得一个本来
无关紧要的时段变神圣。无论如何，
现在我走路谨慎（因为它可能
在这单调破败的景象中发生）；
怀疑一切，审慎行事；

觉察不到突然闪耀于我身旁的
任何一个天使。我只知道一只梳理
自己黑羽毛的黑鸦能如此闪亮地
攫住我的感官，拉开
我的眼皮，让我

从全然的中立性的恐惧中
获得短暂的解脱。带着幸运，
固执地跋涉于
这疲惫的季节，我将
拼凑出

一些内容。奇迹发生，
如果你把这间歇性的闪烁把戏
称为奇迹。等待再次开始，
长久地等待天使，
等待那罕见的偶然的降临。

FITZGERALD:

ARNOLD: [To   saken Merman,
Resignation,   elf-Dependence,
Morality, Ph   zas from the
Grande Chartr   eetness and
Light, The Stu   Science.

HUXLEY: On the   ing Natural Knowledge,
A Liberal Education   ure, Prologue to
Controverted Questions

NEWMAN: Knowledge its Own End (1, 2, 9, 10), Knowledge
Viewed in Relation to Learning (10), Knowledge Viewed in
Relation to Professional   (10), Knowledge Viewed in
Relation to Religion (10)

1957

ROSSETTI, DANTE GABRIEL: My Sister's Sleep, Jenny, The
Blessed Damozel, Sister Helen, [Ave,] Troy Town, The House
of Life, B+S

ROSSETTI, CHRISTINA: Song: When I am Dead, [Dream Land,]
Rest, One Certainty, [A Testimony,] Remember, [The Heart
Knoweth Its Own Bitterness, A Birthday, [L.E.L,] Goblin
Market, Passing Away, Amor Mundi, Up-hill, [Monna Innominata,]
Sleeping at Last, S/R

MORRIS: The Defense of Guenevere, The Gillyflower of Gold,
[Shameful Death] The Haystack in the Floods, [From The
Earthly Paradise] An Apology, [The Day is Coming]

SWINBURNE: The Triumph of Time, Hymn to Proserpine,
The Garden of Proserpine, Sapphics, Herths, Hymn of
Man, [To Walt Whitman in America] A Forsaken Garden, The
Higher Pantheism in a Nutshell

MEREDITH: △ Juggling Jerry, Modern Love, Ode to the Spirit
of Earth in Autumn, Love in the Valley, Earth and Man,
Lucifer in Starlight, The Woods of Westermain, Meditation
Under Stars.

HOPKINS: God's Grandeur, The Starlight Night, The Lantern
Out of Doors, The Windhover, The Candle Indoors, Felix
Randal, Spring and Fall, Carrion Comfort, Tom's Garland,
Harry Ploughman. S+N

HOUSMAN: A Shropshire Lad (1, 2, 4, 9, 13, 16, 19, 35, 40,
47, 49, 54, 62, 63), Last Poems (2, 11, 14, 40, 39),
More Poems

45　野地里的雪人

他俩的军队陷入僵持，旗帜摇摇欲坠：
她猛然冲出
回响着侮辱与不光彩之事的房间，

愤怒地离开，他面色阴沉
待在炉火边："来找我"——她最后的嘲弄。
他没去找，

而是继续坐着，守护他阴森的城垛。
门阶旁
她的被冬季斩首的菊花憔悴无力，

以明智的善意
警告她要待在屋里，不要急于
冲向狂风肆掠的

荒凉山岗与浓雾翻滚的那片风景；
然而，她大步
跨出房屋，执拗如紧迫的幽灵

穿过野地的雪，

上面布满乌鸦爪印和兔子踪迹：她必须
战胜他，让他下跪——

让他派警察和猎犬来找她。
她心怀愤怒
越过光秃的呼啸的石楠，翻过黑石阶梯，

来到世界的白色边缘，
召唤地狱来征服一个任性的男人
并加入她的围攻。

并没有被火山烤热的
尾巴分叉的喷火的魔鬼
从大理石般的荒野雪堆中冒出来

以马刺和皮鞭
驾驭那女人的傲慢：相反，是一个
筋骨可怖、严厉、惨白如尸的巨人，

他拿着石头斧，于远处起伏
高如天际，雪
洒在他飞旋的胡子上，他所经之处

遭伏击的鸟儿一批批
坠落，死在树篱间：哦，她在他眼里
感觉不到爱，

更糟——看见那钉满铁钉的腰带上
挂着一捆女人头颅：
干渴的舌头凄声叨念她们的罪过：

"我们的巧智愚弄了
君王，使王子失去男子气：我们的技艺
不外乎娱乐宫廷：

因自夸，我们变成铁腿上的藤壶。"
浓密的雪暴中
巨人称王，与叽喳的战利品一起吼叫。

她朝旁一闪
躲开斧头的猛击：白光嘶嘶！追来的巨人
粉碎成青烟。

女孩此刻谦卑了，
哭着往家走去，充满温柔的言语
与温和的顺服。

46　五　月　花

整个黑色冬季，阴郁的天空下
红色山楂树经受风雪的攻击，
仍明亮如血滴，证明勇敢的枝条不会死
只要根部扎牢，意志坚定。
此刻，绿色树液爬上尖尖树干，
树篱以这般洁白的花令双眼诧异
它们仿佛从约瑟的杖中长出，见证
胆魄如何造就至高的美。

所以当坚定的岛人选择放弃
家乡的炉火，从大西洋的犁沟中

劈出一条朝圣之路时，黑暗中，彷徨中——
他们记起了山楂树上白色的
胜利枝条，带着忍耐的意愿
他们以五月之花命名他们的船。

47　母　猪

鬼知道我们的邻居如何设法饲养
那头大猪：
无论什么狡猾的秘密，他都隐藏着

一如他藏着
那头母猪——拦在公众视线之外，
无获奖丝带，不参加猪展览。

但一天傍晚，疑问促使我们穿过他那间
亮着灯笼的
迷宫般谷仓，来到下陷的猪圈门口

瞪大眼看：
这可不是描着玫瑰与飞燕草的陶瓷罐
带一个投钱狭缝

给孩子们存钱用的，也不是笨肥猪
等待梳毛
准备荣耀地献上好肉，金黄的脆皮

在欧芹的光晕中；
甚至都不是普通的谷仓空地上的猪，

浑身稀泥，邋遢，

猪鼻巡游，大嚼蓟草和蓼科杂草——
鼓胀的移动的
一吨奶，周围一窝脚步灵巧的小傻瓜

尖叫让她的躯体
停下，好从粉色奶子上豪饮。不。这巨大的
大人国母猪

肚皮堆叠，懒躺在那黑色堆肥上，
胀满脂肪的猪眼
被梦幻阴翳。对远古公猪的幻想

必定全盘占据
这伟大祖母的注意力！——我们的惊讶
描绘出一个骑士，钢盔铁甲，

在密林中被一头鬃毛可怖的野猪
摔下马来，撕成碎片，
它的传奇身姿足以横跨那头母猪的腥热。

然而农夫打声口哨，
接着，抡起玩笑的拳头拍打猪颈背，
绿色矮树山寨里的

母猪于是起伏，让传说如干泥块落下，
缓慢地，哼一声
又哼一声，在摇曳的光线中起身，耸成

一座丰碑，

贪食如那头传奇的公猪，它将厨房泔脚
舔得干干净净

如饥渴的大斋节，胃口不受任何约束，
接着狂饮
七个水槽的海，吞下每块震动的大陆。

48　永远的星期一

"你将拥有一个永远的
星期一，站在月亮上。"

月亮上的男人站在他的壳中，
弯腰背着
一捆树枝。冰冷的白垩光芒
落在我们的床单上。
他牙齿打颤，站在死火山的
鳞状山峰与火山口之间。

他也以拾树枝
来抵抗黑色霜冻，直到他那
照亮的房间比星期天太阳的幻影
更明亮，他才休息；
现在他星期一的地狱在月球上运转，
无火，他脚踝上拴七个寒冷的海洋。

49　哈德卡斯尔峭壁

如燧石，她的脚步
在钢铁般大街上发出吵闹回响，
蓝色月光下，七弯八拐地行走于
漆黑的石头建的镇子，她听见
凌厉的空气点燃导火线

从黑暗的矮屋墙上震落
噼啪的回响。
但响声在她身后消散了，墙壁
让位于田野和连绵起伏的草丛，
草在满月下奔跑

鬃毛迎着风，不知疲倦，
被系牢，如一片用根行走的
奔向月光的大海。一个雾的幽灵
从山谷裂缝升起来，悬在前方，
肩膀般高，它却没能

丰满成一个有家族面孔的魂魄，
词语的命名也无法
赋予她的空茫心绪以形体。一旦走过
充满梦的村庄，她的双眼便不再怀有梦想，
睡魔的尘土

在她脚下黯淡无光。
持续的风将她整个人削成
一小把火焰，在她耳蜗里吹响

沉重的口哨，像一只挖空的南瓜王冠
她的头盛装着嘈杂。

为报答她身躯的薄礼
和心跳，夜晚给她的全部
不过是一堆堆冷漠似铁的山岗，
以及被一块块黑石头划定边界的牧场。
紧闭的大门后

谷仓守护着一窝窝牲畜；
奶牛跪在草地
沉默如大石头；
绵羊披一丛丛羊毛，对着石头打瞌睡，
鸟儿睡在嫩枝头，竖起

花岗石纹颈羽，它们的影子
伪装成树叶。这片隐隐绰绰的风景
像曾经的古代世界一样纯粹，
淋巴与树液的原始激荡，
未被目光更改，

足以熄灭她
小小的热度，然而在石头的重量
与乱石山岗将她
压碎成石英颗粒之前，石头色冷光中
她转身回返。

50　瘦弱的人们

他们总与我们同在，这些瘦子
身形单薄，如电影屏幕上

灰白的人影。他们
不真实，我们说：

这不过是场电影，这只是一场
制造邪恶头条新闻的战争，

那时我们还年幼，他们挨饿
瘦成那样，不愿让他们似茎的

四肢再度丰满，尽管和平
在最鄙陋的餐桌底下

填满了老鼠的肚子。
正是在长久的饥饿之战中

他们发现了坚持瘦下去的
才能，尔后进入

我们的噩梦，他们的威胁
并非枪炮，不是虐待，

而是一种薄薄的沉默。
裹着被虱子咬烂的驴皮，

毫无怨言，总是
用马口铁杯喝醋：他们戴上

被抽到的替罪羊的
难以忍受的光环。这瘦弱的

草根人种在梦里也活不成，
在政要掌握的协约国里

他们不可能一直是夸张的牺牲品，
正如泥棚里的老妇

不可能不从慷慨的
月亮的侧面割下肥肉，当它

趁着夜色踏入她院子时，
直到她的刀把月亮削成

透着微光的果皮。
现在瘦弱的人们并不抹除

自己，当黎明的
灰白变蓝，变红，世界的轮廓

变清晰，充满了色彩。
他们坚持待在阳光照耀的房间：

洋蔷薇与矢车菊的粗绒墙纸
在他们薄嘴唇的笑容

与衰微的皇权下变苍白。

他们这般相互支撑！

我们没有广阔的纵深的原野
作为据点来抵抗他们

僵硬的大军。看，瘦子往森林里
一站，树干即变得扁平，失去

它们美好的褐色，
他们让世界变得单薄如蜂窝，

且更苍白；甚至不用移动他们的骨头。

51 召唤森林女神的困难

劫掠过各种小玩意，
粗铅笔，绘玫瑰枝的咖啡杯、
邮戳，成堆的书的喧嚣与喊叫，
邻居家的鸡鸣——大自然无休的回嘴，
　　自负的头脑
　　斥责一时兴起的风谈
　　拼命给现存事物
　　强加自己的秩序。

"只需我的幻想，"急切的头脑自夸道，
在鸦声聒噪的天空，牧羊草地，
生鳍的瀑布间如此傲慢，"我即可制造一场危机，
吓得天空晕去，变鲑鱼、公鸡和公羊
　　为胡说八道的疯子，

我嫉妒的目光中
它们如此平静，
如此自足。"

然而绿色天使也施不出戏法
为贫瘠的眼遮上炫目的绸缎；
"医生，我的问题是：我看见一棵树，
那该死的谨慎的树不愿略施小计
　　来欺骗我的视觉：
　　比如以光线的密语
　　变出一个达芙妮；
　　我的树仍旧是树。

"随我怎样凭我的美妙意愿
扭那顽固的树皮和树干，
都没有出现明亮的形体，
以光辉的肢体、眼睛与嘴唇
来蒙蔽诚实的大地，
　　大地断然唾弃
　　女神之类的虚构；
　　冰冷的视觉不接受
　　骗售给它的赝品。

"此时在以梦想为财产的秋天，
某位变戏法的幸运男子睁大眼看
我那花心的淑女抛撒金钱，金色落叶填满沟渠，
富裕的空气里布满种子，
　　而这乞丐般脑子
　　孵不出财宝，
　　只能从树叶和草丛
　　偷走它们的所有。"

52　论森林女神的多余

我听见一位白衣圣人
极力赞扬一个只对完美之心
显形的完美女人，
于是在一株苹果树上试验
我的眼力，我极爱它
古怪的疙瘩和树瘤。

我不吃不喝坐着
将我的幻想饿瘦，为了
发现那棵形而上学的树，它躲避
我世俗的目光，把自己的
闪亮叶脉深埋入
斧头砍不到的密林。

然而，在我弱化感官
全凭洁净的灵魂去探视时，
每一处瘤结都令我大为狂喜，
每一个斑点与色块
都比任何因爱的印记而欠缺的
肉体更显美丽。

无论我如何奋力冲破
以巴别塔的乱舌
争吵并拂动的杂乱叶丛
以及棕色树皮的斑驳条纹，
幻象之闪电并没有
刺穿我厚密的眼帘。

相反，一阵肆意的痉挛
将眩晕的感官各个分离，
放纵色声香味触；
此刻，我沉迷于这奇妙艺术，
骑着大地的燃烧的旋转木马
昼夜不停，

这般沙砾弄坏我眼睛，
我只好眼看淫荡的森林女神
在圣洁的树林里扯弄各式绸纱，
直到所有贞洁的树都染上
红色、绿色、蓝色的
流动而色诱的污点。

53　另外两人

整个夏天，我俩搬进一座充满回声的别墅，
清凉如布满珍珠的海螺内部。
在黑山羊阔步的铃声与蹄声中
我们醒来。床边的豪华家具
摇曳于一层层奇异的海绿色光芒。
洁净空气里没有一片树叶起皱。
我们梦见我们多么完美，我们的确完美。

家具紧靠光秃秃的石灰墙
狮身鹫形的腿，漆成深色木纹。
我们待在一个能容纳十多人的地方——
脚步在阴影的房间里成倍回响，
我们的说话声探到一个更深的声音：

核桃木宴会桌，十二把椅子
映出另外两个人复杂的手势。

沉重如雕像，异于我俩的形体
在那个没有门窗的橱柜的
抛光木面上表演一出哑剧：
他伸出手想拉近她，但她
避开他的触摸： 他心硬似铁。
见她冰冷不语，他转过脸去。
他俩站着，悲痛，如古典悲剧。

被月光漂白，难以和解，他和她
不愿被平息、释放。我们的每寸柔情
如一颗行星，一块陨石
划过他俩的炼狱，被巨大黑暗吞没，
没留下火花踪迹，也没搅起涟漪。
夜里我们将他俩留在荒芜之地。
灯灭，无眠的两人继续嫉妒地纠缠：

我们梦见他俩在争吵，嗓音备受煎熬。
我们可以拥抱，但那两人绝不会，
与我们迥异，他俩动不动陷入僵局，
这样一来，我们感觉更轻盈——
他俩有血有肉，我们才是幽灵；
仿佛超脱了爱的废墟的我们
成为他俩在绝望中梦想的天堂。

54　淑女与陶制头像

以血红泥土烧成，这头像模型
与四周不搭配：砖屑脸色，眼睛遮在肥眼皮下，
它站在长长的书架上
呆板地支撑着厚厚书册：她有着类人猿般的
恶毒眼神。最好立刻
把这离谱的脑袋从壁炉底石上扔掉；
然而，她还不愿把这废物丢弃。

这头像似乎在任何地方
都难逃骚扰。粗暴的男孩们
侦察可以放过的脑袋，
从灰烬堆里忧郁而傲慢地怒视，
他们必定抓起这战利品，
使劲虐待这作为人质的头像
并惊醒那狡诈的

将粗糙复本编织到原件上的神经。她这时想到
黑暗的冰斗湖，泥沙淤积，水草遮蔽，
这地方正合她心意：
然而这戴着鱼鳍花冠的伪像
自垂涎的角蜂往外斜瞟，
淫荡地召唤，她的勇气退缩了：
她脸色苍白如溺毙之人，

郑重其事地决定将这擅于模仿的头像
存放在一株分叉的柳枝上，
被树叶掩映：

让披着最黑羽毛舌如铃音的鸟儿
高唱这粗鄙的形体
如何经由阴沉与美好的气候
一粒一粒变回到草皮。

这恐怖之脸仍留在她神龛似的书架上，
不顾她拧绞的手，眼泪，祈祷： 消失吧!
它稳当，喻示灾难，从岩石断层、
狂风、惊涛骇浪中暗送秋波——
一座古董女巫头像，无法被雕就的顽固，
拒不减少哪怕一点
它那蛇怪般的爱的目光。

55 所有死去的爱人

剑桥的考古博物馆藏有一具公元 4 世纪的石棺，
里面装着一副女人的尸骨、一只老鼠和一只鼩鼱。
女人的踝骨被轻微地咬坏。

直挺挺躺卧如拨火棒，
带着花岗岩的笑容，
这躺于博物馆盒子中的
远古女人，与花哨的
老鼠和鼩鼱遗体做伴，
它们曾有一天享用过她的踝骨。

这三个现在除去面具，
为粗野的啃咬游戏
作枯燥的见证，我们

假装无视，若不是听见
星辰一粒一粒地
将我们身体的谷物磨得只剩张瘦脸。

甘苦与患难，它们都紧抓不放，
这些藤壶般的死者！
这女人与我非亲非故
却算我的亲人：她将吸我的血，
把我的骨髓吹得干干净净
以证明这点。此刻我想起她的头，

母亲，祖母，曾祖母
从镜子的水银背面
伸出女巫之手欲将我拖入，
一个形象在池塘下隐约可见，
癫狂的父亲在那里下沉
橙色鸭掌拍打他的头发——

所有逝去已久的爱人：他们
回来了，尽管，一会儿
就那么一会儿：借着守灵，婚礼，
生孩子或家庭烧烤：
任何触摸，味道，气味
足以让那些法外之徒纵马返家，

回到庇护所：于时钟的滴答之间
篡夺扶手椅
直到我们每个人
成为披骷髅旗的格列佛
被幽灵充斥，与他们一同
躺成僵局，在摇篮的摆荡中生根。

56　自　然　史

那崇高的君王，王者之心，
贵族血统，在粗鄙的国度称王；
他尽管以貂皮作床，口啖烤肉，
却一心念玄学：
而他的臣民挨饿，钱袋空空，
他与星辰和天使对谈，

直到那些凡夫俗子
厌烦了统治者的神仙气
聚众造反，将皇族神经送上刑架：
书呆子皇帝眼看他的领土崩溃，
他的皇冠被没有文化的
低贱而野蛮的"哎哟"王子篡夺。

57　维森斯的两处风景[①]

在轮生的细长金雀花
与被羊蹄踩踏的草叶上方，
石墙与房梁，如船头跃起
穿过模糊雾气，在那
极少有旅行者
涉足的腹地：

---

①　维森斯高地(Top Withens)是英国西约克郡哈沃斯小镇上方沼泽地旁的
一处荒芜农舍，小说《呼啸山庄》的原型。

73

抓不住的圣贤母鸡，
敏捷的兔子——这是它们的家，
长筒靴于此处歇口气，
跳过一个个山头，蹚过
泥煤似的水洼。
我发现光秃的沼地，

单调的气候
以及"爱神之屋"
门梁低浅，没有宫殿；
你，运气更好
友情提醒那里有白色残柱，
一片蓝天，众鬼魂。

58　巨大的红玉

我们来到沼泽高地，
穿过被绿光点亮的层层气流，
石头农舍隐没其中，
在一束既不是黎明
也不是傍晚的光芒中，

山谷草地变换着。
我们的手和脸如瓷器般透光，
摆脱泥土的占有和重量。
诸如此类的变形驱使
八位朝圣者接近它的源头——

接近那巨大的瑰宝：时常显露，

从未被给予；隐秘
却在沼泽高地和海底
被同时看见，
为了被看见，只能借助

异于正午、月亮和星辰之光——
一度熟悉的道路
全变了样，我们自身
被疏离、改变，悬置于
传闻有天使出没的地方，

清晰地悬浮在悬浮的
桌子和椅子中间。重力
丧失在比泥土更单纯的元素
的上升与漂浮中，
那儿没有我们做不了的

精细活儿。
但切近也意味着远离：
在通常的归家时分
光芒却隐退。椅子，桌子
坠落：身体如石头般沉重。

59 儿 歌

玫瑰花苞，一团虫子，
最初五位塑造者
的继承人，我张开：
五轮新月

75

照亮眼睛，让我
接近我能抓住的，
牛奶嘴，大指头
好多梯子
送一条腿
给这些柔软的钩子。

我是马戏团的
好狗，我学习如何
跑动，服侍，操控食物，
食指是箭头，
拇指头，迟钝的帮手，
主人的狗腿子，
挠痒的鞭子，
我可不是袖珍推土机，
谁有这蓝绿色玩意的钥匙
就可把我关闭。

五只角，分叉的
敏感的触角，
我嗅出蓟
与丝绸在哪里，
冷电线杆与热餐盘。
老历史学家，
我的书页是一片荒漠
被三个堤道穿过，
像皮革，没有树，
五个螺旋沙嘴。

棕背脊，白肚皮
活像一条比目鱼，我

在"样样干"的海里游，
左边是我的跟班，
我的落后形象。
拿笔的人，外科护士，
上尉勤务兵，
我在这儿铭记
硬币、纽扣、扳机
还有他爱人的身体。

当年纪粗暴对待我
他的待遇也变差
（螃蟹打盹儿
于桌上或扶手，
五支无芯蜡烛
对着黑暗摇尾巴），
当死亡带着玫瑰花
仓皇出逃，服务就更差，
盒里有五只虫子
喂给瘦乌鸦。

60　不安的缪斯[①]

母亲，母亲，你真不明智，
究竟忘了邀请哪位没教养的
姨妈或毁容的难看的表姐
来参加我的施洗礼，竟使她
派这些女人来代替，

----

① 　这首诗受启发于基里科（Giorgio de Chirico）1918 年同名画作。

她们补衣球般的脑袋
点呀，点呀，在我小床的
床头、床脚和左侧一直点？

母亲，你定制了名字叫做
"米歇"的短毛黑熊的英勇故事，
母亲，你的女巫每次，每次都
被烤进姜汁饼，我在想
你能否看见她们，是否念咒
让那三女人不加害于我，
夜里她们围着我的床点头，
没有嘴，没有眼珠，缝合的秃顶。

飓风降临，当父亲书房的
十二扇窗向内鼓胀，
如即将破碎的水泡，你给我
和我弟弟喂曲奇饼，喝阿华田，
教我们两个合唱：
"雷神发怒：轰轰轰！
雷神发怒：我们不怕！"
但是那些女人打碎了窗玻璃。

当女学生们踮起脚尖跳舞，
打闪手电筒如萤火虫，
她们唱着流萤之歌，我
穿着闪亮的连衣裙，无法抬脚，
只能步履沉重站立一旁，
站在我那些面色阴沉的教母们
投下的阴影里，你哭啊，哭啊：
阴影拉长，光线熄灭。

78

母亲，你送我去练钢琴
称赞我的阿拉伯风格曲和颤音，
尽管每个老师都发现我的弹奏
古怪如木头，且不论我练习的
阶段和许多白费钟点，我的耳朵
辨不出音调，是的，教不会。
我学了，学了，从别处的缪斯那儿，
并非你雇的，亲爱的母亲。

某天我醒来看到你，母亲，
漂浮于我头顶的湛蓝天空，
乘着明亮的绿色气球，一百万支
鲜花和知更鸟，从未，从未，
从未有人见过的。
但你刚喊："过来！"小行星就迅速移动
消失如肥皂泡，
于是我面对我的旅伴。

她们身穿石制长袍守夜，
立于床头、床侧、床脚，不分昼夜，
空洞的脸如我出生那一天，
她们的影子长长地拖曳在
永不变亮、永不消逝的落日中。
这就是你将我诞入的国度，
母亲，母亲。然而我绝不皱起眉头
泄露我的同伴。

61 夜　班

那沉闷的轰隆不是
跳动的心，远处的
铿锵，不是耳朵里的血，
它鼓噪着狂热

要强加给夜晚。
那噪音从外面来：
显然，这爆炸性金属
属于本地这些

寂静的郊区： 没人
对此惊讶，尽管这声响
以其重击震撼地表。
我来时它已扎根，

直到砰响的源头被暴露，
证明猜测的愚蠢：
透过主街上铸银厂的
窗户，巨大的

锤子举起，轮子旋转，
停下，让金属与木头的
吨位垂直落下；
震昏了骨髓。穿白汗衫的男人

围成圈，一刻不停地
照料那些润滑过的机器，

一刻不停地，照料那
迟钝的永不疲倦的事实。

62　占　卜　板

此乃阴冷之神，影子之神，
自他的黑色深渊升向玻璃杯。
窗边，那些未出生者与被毁灭者
带着飞蛾那脆弱的苍白相聚集，
它们翅羽的磷光令人嫉妒。
朱红，青铜，煤火中的
太阳的色彩难以完全抚慰它们。
想想它们的深沉渴望，深如暗夜，
为了收复赭红的热血。
玻璃杯口从我食指吸走血的热度。
古老的神灵以呓语作为回报。

古老的神也写华丽的诗，
以暗锈的形式，他在废墟之间徘徊，
公正地记录每场污浊的衰颓。
许多，许多个世纪的散文已解开
他言谈的旋风，减轻他的火暴脾气，
词语如蝗虫鼓震渐暗的空气，
让玉米棒子咯吱响，将之咬干净。
一度神圣而傲慢的蓝天
在我们头顶缠作一团，迷雾般降临，
聚集着尘埃，与泥沼联姻。

他称颂藏红花色头发的腐朽女皇，

她拥有比处女眼泪
更咸的春药。那淫荡的死亡女皇，
她的虫豸信使已开始啃他骨头。
他仍赞颂她的汁液，火热的蜜桃。
我见他皮糙肉厚，坚忍，
把耕犁翻出的燧石样的鹅卵石
解释为衡量她爱意的标志。
他，虔诚地，摇晃着，没能
从这些字母简明地拼写出"加百利"，
却华丽地拼写出旧日的恋情。

63　神谕的衰颓[①]

在两个船状的铜书夹旁
父亲放了一个拱形海螺，
我倾听它冰凉齿间翻腾的
模糊的大海的声音。
那正是老勃克林所思念的，他拿起贝壳
倾听他听不见的大海。
他知道海贝对他的内耳
说了什么，农民却全然不知。

父亲死了，他死的时候
将他的书和贝壳遗赠他人。
书被烧光，大海收回贝壳，

---

①　这首诗或受启发于基里科（Giorgio de Chirico）1910 年画作《神谕之谜》；在这幅画里，基里科回应了瑞士象征主义画家勃克林（Arnold Böcklin）1883 年作品《奥德赛与卡里普索》。

然而我，我留住了他放入
我耳里的声音，我眼里留着
那些看不见的蓝色波浪，
勃克林的阴魂为之悲痛。
农民宴乐，繁殖。

我见那遮住烤扦上公牛的
既不是无耻的天鹅，也非燃烧的星星——
那预示着一个更强健的年代——
而是三个踏入院子的男人，
那些男人爬上楼梯。
他们流言蜚语的模样
无益地侵入遁世的眼帘
如一本粗俗漫画的页面，

此刻大地转向
这正在发生的事件。半小时内
我将走下破旧楼梯
遇见那三个上楼之人。这未来——
比现在和过去更不值钱。
对于已呆滞的眼神，这般预示
毫无价值，虽然它曾觉察特洛伊的
高塔将颓，北方罪恶盛行。

64　耍　蛇　人

正如诸神造了一个世界，人造了另一个，
耍蛇人也造出一片蛇的领域
以月光眼神和口中风笛。他吹呀吹。招引绿色。招引水。

把水吹成绿色，直到绿色的水
与长长的芦苇、脖颈、波纹一起摇晃。
当他的笛声编织绿色，碧绿的河水

围绕他的小曲形成自己的形象。
他吹出一块可站立之地，既非岩石，
也不是地板：一波摇曳的青草舌头

支撑他双脚。他从众蛇盘踞的
心底吹出一个晃动而蜷曲的
蛇的世界。现在除了蛇

一切均不可见。蛇鳞变成
树叶，变成眼睑；蛇身变成树枝，
树和人的胸膛。他在这蛇国中

统治那些盘绕之躯，这般彰显
他的蛇性以及他从薄薄的笛子中
奏出轻柔小调的能力。这绿色的巢

如伊甸园的脐带，一代代
蛇的血脉盘曲而出：要有蛇！
于是就有蛇，现在有，将来还会有——

直到吹笛人哈欠连天，烦腻音乐，
又将世界吹回蛇的经纱、蛇的纬纱的
简单织物。把蛇之布匹吹成

融化的绿水，直到再没有蛇
冒出头来，直到那些绿水变回水，
变回绿色，变得蛇形全无。

他收起笛子，合上他月光似的眼。

65　复仇的教训

那些严酷的年代，
漏风的牢房，漏风更甚的城堡，
寓言的框架之外，有龙在呼吸，
圣人与国王掰开障碍的指关节，
但并非以奇迹或高贵手腕

而是满怀恶意地
滥用权力，通过拇指夹的过于谨慎的
转动：一个捆绑在肌腱里的灵魂，
一匹溺水的白马，上帝之城与巴比伦的
所有未被征服的尖塔

必须等待，此处，苏索①的手
打磨他的钉子和针尖，
为尝天堂的味道，无情鞭打
自己的红色水闸直至疼痛，
将马鬃刺与虱子泼向欲火中烧的腰部；

彼处，盛怒的居鲁士
挥霍一个夏天和他英雄们的体力
斥责吞下一匹马的金德斯河：
他将它分成三百六十条细流，

---

①　亨利·苏索(1300—1366)，德国神秘主义者，生前通过折磨肉体获取宗教快感。

女孩渡河也不会弄湿她的小腿。

虽然如此，后世圣贤
嘲笑这行为，他们通过怀疑或桥梁
干净利索地制服敌人
从未像他们的先祖那样抓住
在骨髓里和河床沙砾中暗笑的魔鬼。

Wher- are t...

The radiant-

Where are the

The mystic mea...

They laughed and 𝟷𝟿𝟻𝟾 the park;

The dust arose beneath their ... feet.

I do not think they saw the skies grow dark

Or sensed the vague foreboding ... the street.

y came, the iron men; their

~~They came, the iron~~ rifles whined,

~~...~~

And some fell limp upon the spattered stone--

The light extinguished and their eyes glazed blind.

But oh! the eyes of those alive--alone!

The tortured panic of the world is there.

Ah! seek no more the young with golden hair.

66　树里的处女

这辛辣的传说多有教益，
多讥讽！不过是戏仿道德的老鼠夹，
它被当成格言，绣在刺绣样板上
赞许被追逐的女孩们奔向一棵树
并穿上树皮的修女般黑袍，

那将抵挡所有的
爱欲之箭。将处女的身体装入
一具木鞘会迷惑不论是山羊腿的还是
头戴圣环的追逐者。自从第一个达芙妮
将她无可比拟的背影

替换成藏身的月桂，她那
硬如常春藤的身体便获尊崇：清教徒的嘴
呼喊："赞美绪任克斯①，她的反对
为她赢得蛙色皮肤、苍白骨髓以及
一支芦苇的水床。看：

松针盔甲保护宁芙庇媞斯
免受潘神的攻击！尽管年岁让她们
枝繁叶茂的冠冕落下，她们的名声却远扬，

胜过夏娃、克里奥和特洛伊的海伦：
后者之中有谁赞成

将白皙的身体
锢入木头腰带这般时尚？从头到脚生根，
没有面目，没有形体，乳头之花
裹着寿衣为黑暗哺乳。
只有保持冷静与圣洁的人

才能造就一处圣所，吸引
稚嫩的处女将肢体与嘴唇献给
贞洁的事业：如先知，如牧师，
她们歌颂童贞的宁静，天使般的美，
为了贞洁而贞洁。"

可以确定，当你把这刑架上的处女
蚀刻入眼睛的内窗之时，
此类协议已被敲定，为着
将一切荣耀纳入丑陋的老处女
与无嗣的先生的掌控：

她已成熟，尚未采摘，
躺在弯曲枝丫间，铺展得太久：
如今过熟了，脸色郁闷，她的指头
僵硬如枝，身体歪斜
似木头，她将醒着，痛着，

虽然如末日的花蕾。她的嘴唇

---

① 绪任克斯：古希腊神话中的山林女神，以贞洁闻名，为躲避潘神的追逐化为芦苇。

因被人忽视而下垂，散发柠檬味：
暗哑无声，美貌的闪亮汁液全部变酸。
扭曲的枝丫将仿效这粗糙的人形
直到反讽的树枝折断。

67　珀尔修斯

——机智战胜苦难

头颅足以显示你的神奇之举，
你如何消化了漫长岁月方能消化的：
猛犸那沉重忧伤的雕像，
无法溶解，足以把鲸鱼的肠子
戳出无数孔洞，放它的血直到
它在海水中变白。赫拉克勒斯的任务简单，
冲洗马槽：一个婴儿的眼泪足够了。
然而有谁自告奋勇吞下拉奥孔，
那垂死的高卢人以及无数
腐烂在欧洲教堂、博物馆与墓地
阴暗之墙上的圣殇像？你。
　　　　　你
为自己的双足借来羽毛而不是铅
或钉子，还有一面镜子，将蛇般的头
保持在安全视线内，你胆敢注视
人类痛苦的蛇怪脸：看一眼
四肢发麻：不是巨蟒的眨眼，也非
双连击，而是一切积聚的临死的低语
呻吟、哭喊与英雄双韵体，它们结束了
泡满鲜血的地板上演绎的无数悲剧，

每次私下阵痛都是一条令你眼睛石化的
嘶嘶的角蝰，每场村落的横祸
都是眼镜蛇盘曲的身体，
帝国的每次衰颓，一条巨蟒的
密实的盘绕。

      想想吧：世界握成拳
如胎儿脑袋，布满沟壑，从孕育起
便与苦难缝合，此刻
你将它抓在手里。眼中沙砾或疼痛的
拇指会使任何人畏缩，而述说悲痛的
世界之球却把王者般的诸神变作石头。
那些岩石裂开，磨损，变得沉重，
在大地的黑暗之脸上
播撒绝望。

        尸僵本可以令一切受造物
僵硬，如果不是有一个吞下快乐后
仍有余裕的肚子。

         此刻你走来，
配备既能挠痒又能飞翔的羽毛，
还有一面哈哈镜，把悲剧缪斯
照成一个愠怒玩偶的断头，一根辫子，
如一条破烂蛇，无力地悬挂，如一张荒唐的嘴
悲戚地撅起。固执的安提戈涅，她
著名的肢体今何在？
费德尔的紫红皇袍？马尔菲女公爵
那泪眼蒙眬的悲情今何在？

           遁入
那攫住你脸庞的深深痉挛，肌肉
与肌腱胜利地隆起，而宇宙的欢声
抹除了一个永恒受难者的
未缝合的瘟疫般伤口。

棕榈枝
属于你，珀尔修斯，愿你平衡、
再平衡这天国之秤，这以我们的理智
称量我们疯狂的天平，直至时间终结。

68　战斗场景

——自奇幻剧《水手》

迷人啊——
这小小的奥德赛
衣着粉红和淡紫
一层青绿瓦片
温柔地相叠
象征大海，
方格波浪欢快地
托起水手，
欢快地，欢快地
戴着粉红羽饰和盔甲。

一只灯笼般脆弱的
纸做的贡多拉
摆渡钓鱼的辛巴达，
他将蜡笔鱼叉
对准三个
从海底升起的
青面獠牙的
紫红的巨兽。
当心，当心

那鲸鱼，鲨鱼，乌贼。

然而每只涡状海怪的
鳍和鳞竟没有拖着
软泥和水草。
为这场比武，它们发光
如复活节彩蛋、
玫瑰、紫水晶。
阿哈，兑现你的大话：
使传说的头颅归家。
一剑，一剑，
又一剑：它们快完了。

传说如此。
孩子们如此歌唱
澡盆中的战斗，
危险、投入而漫长，
哦，理智的大人们
知道海怪不过是沙发，
獠牙是纸板，水妖歌声
是睡梦中的发热。
笑啊笑，白胡子老头的笑声
惊醒了我们。

69　雅德维加，在红沙发上，百合花间^①

——给亨利·卢梭的六节诗

雅德维加，写实主义者不懂你为何
躺到这红色天鹅绒衬垫的
巴洛克式沙发上，被出笼的
老虎与一轮热带月亮所注视，
置身于扑朔迷离的荒野，那里有
心形的叶子，如梓树叶子，

以及全然不似培育的硕大百合。
始终如一的批评家们似乎想让你
在你那绿意盎然的丛林
和红沙发的上流社会之间做选择，
后者带点小摆设，既无月光
照着你，也无老虎的眼睛

被你的黑眼睛平息，
也无比百合褶边更白皙的身体：
他们会以黄绸子遮住月亮，
在你身后将叶子与百合压平成纸
或顶多挂一张千花毯。然而沙发
固执地站立于丛林：绿中之红，

红色，相对于五十种绿的变体，

---

①　这首诗受启发于卢梭 1910 年画作《梦》，画上他青年时代的情人雅德
维加裸体躺在一张置于丛林中的红沙发上。

95

那沙发怒对庸俗的眼。
于是卢梭为了解释为何红沙发
在画中与百合、老虎、
蛇、耍蛇人和你、
天堂之鸟、满月一同存在，

只好说月圆之夜时你如何
在天鹅绒红沙发上，在你
方格绿纹的闺房里做梦。你闻见笛声，
在月亮的目光下随梦漂浮
至一片绿宝石丛林，梦见明亮的月光百合
围绕你的沙发，点着长满花瓣的头。

卢梭告诉批评家那就是为什么
你与沙发作伴。他们点头赞许沙发、
月亮、耍蛇人的小曲、硕大的百合，
惊叹地点数深浅不一的众绿色。
然而，卢梭私下对一个朋友坦白说
他的目光完全被你，雅德维加

用来摆姿的耀眼的红沙发所占据，
于是将你置于其上以饱览红色：这般红色！
在月光下，在那片绿色与硕大百合间！

1958.3.27

70 冬天的故事

波士顿公园上空，一颗红星

闪烁，被金属丝缚在一棵
高高的美洲榆上。东方三博士
走近圆顶的州议会大厦。

老约瑟手持铁头登山杖。
两头黄牛护着圣婴。
一头黑羊带领牧羊人的牲口。
玛利亚面色温和。

天使——比邦威特百货店
或杰伊的模特更女性化，更温雅，
戴天狼星般闪亮光环——
举起金色号角。

红鼻子、蓝披肩的女人们
在皮尔斯①门口，在皮尔斯门口
摇铃讨钱。主啊，人群多凶猛！
颂歌响起

于温特街和坦普尔广场。
菲妮时装的橱窗内，卷毛狗
正烘烤曲奇。赐予我们恩典，
唐纳，闪电，②

以及所有圣诞老人的小鹿，
经公园委员会允许，你们吃着
那曾喂肥波士顿奶牛的青草。
在平克尼，弗农山，栗山，

---

① 皮尔斯(S. S. Pierce)是波士顿一家有名的杂货公司。
② 唐纳和闪电是圣诞老人的两只驯鹿。

花环装饰的大门
一齐向人群敞开。
圣诞！圣诞！每张嘴大叫。
民众冲着奇怪的

紫罗兰色窗台歌唱，
唱走了调，震耳欲聋。
哦，山坡上的小城！
敲铃的人，唱歌的人，

他们热诚的曲调
叫醒了冻伤的鸽子，
从查尔斯大街回旋至海关大楼，
从南站回旋至北站。

71　河湾上方

这严谨的学院的峡谷中
不见深山，惟有山丘，短截的小丘
直达阿迪朗达克山脉与北方残丘，
与珠穆朗玛峰相比，它们不过是些岩石小岗。
尽管如此，这仍是我们高峰的集合：
与康涅狄格州下陷的银灰色
脊背相比，与哈德利庄园
与河齐平的平地相比，它们的海拔足以
高过所谓的小山。
绿色，全然的绿，它们将多结的脊柱
朝向我们的天空：我们在缅因州快乐街上
向南遥望的，即是它们。它们在灯花

与贴着红色防潮纸的公寓之间摆好姿势，
在我们的视野中堆起夏日的清凉。

对住在谷底的人们来说，
隆起的风景、小圆丘或猪背岭似乎
都可以攀登。一种奇怪的逻辑：
爬上去是为了走下来，如果我们
开始与结束的路标是同一个，然而
正是在山顶的明显转变能够
让我们行走于斜路，虽然不时地
渴望平地，正是最后一块悬崖
赶走我们狭隘的空间概念，揭示
视力以外的范围，将视力抛洒在
众地平线上，极限地拉伸
眯成缝的眼睛。我们攀登，渴望
在树叶掩映的绝壁处
透过绿色遮挡，在漆成绿纹的天空下

望向蔚蓝。山顶将自身定义为
不可指望更高之处的地点。向下看，
追随雨燕的黑箭脊背，沿它们
在圆形和弧形的气旋中划出的路径，
尽管空气相对静止，这树叶堆叠的高坡上
无一片叶子颤动。油漆剥落的
百年旅馆维持摇摇欲坠的
四面皆通的走廊，仍可以观景，
底下曾是著名的索道，
木料已倾颓，见证逝去的
时代，以及随时代而逝的优雅。州里的
一位管理员为了州立山坡风景
收半美元，卖苏打水，炫耀观景点。

一缕红色天光映照灰色河湾，

将河水苍白而宁静的环流映成
镜中争艳的洋红色玫瑰。流水无心，
变化无常——所有移动浪尖的
独特点画都已被烫平，迷失在
被天空主宰的景象的
简单秩序中。如地图，远方田野
被端正的绿线划定，不像芦笋头
乱堆混战。汽车在串起来的公路上
滚动它们温雅的彩珠，人群
笔直向前漫步，穿过萌动的绿意。
那里满是和平与纪律。直到最近，我们
生活在滚烫屋顶的阴影底下，
从不知如何清凉地走动。只有一次，
高处的静寂平息了蟋蟀鸣叫。

72　一位摘菠菜的人的回忆

他们称那地方为"瞭望农场"。
　　　　　　　那时，太阳
还没有如此匆忙落下。它这样
点亮了万物，那可能之物的灯盏！
　　　　　　　完全湿透，
躺在树叶上如一张透亮玻璃纸，
一窗格的蜻蜓翅膀，这时他们将
一百蒲式耳的篮子留给
菠菜地边上的我。
　　　　　　　一束又一束直立的

绿色菠菜尖儿插成一个圆——
层层相叠，然后你就有了一篮子，
完美无瑕如莴苣头，
洁净的叶子。一天下来有一百篮。

太阳与天空映照菠菜的绿。
菜畦开始处，黄纸遮盖的
锡桶里的井水格外冰凉。
水里有股铁味，甚至空气
也有金属味。
                          一天又一天，
我穿着皮革膝的粗布裤
在植物前弯腰，骄傲如玫瑰大海中的
女士，收集最饱满的小花；
我的世界被满载的篮子堆成金字塔。

我只需伸一只脚进田野——
整个菠菜尖儿的大海即向我的手倾斜。

73　幽灵离场

大约清晨五点，进入寒冷的
无人地带，无色的虚空——
在那里，醒来的头脑抛弃了
梦中似乎意味深长的硫磺梦景
与昏暗的月亮之谜的那团湿透的乱麻，

准备面对已经造好的椅子
写字台和被睡眠揉皱的床单。

这是幻影隐退的国度，
神谕的幽灵迈着大头针似的腿，缩到
一堆洗好的衣服上，一捆典雅床单

被举起，如一只手，象征着告别。
在这两个世界，两个完全不相容的
时间模式的交接处，我们柴米油盐思绪的
原材料罩上琼浆般的
神启灵光。然后就此离去。

椅子和书桌是某种神性话语的
象形符号，被醒来的头脑忽视：
这些摆好姿势的床单，在变薄直至虚无前，
以手语说着已逝的另一个世界，
一个我们醒来即失去的世界。

在凡尘视野的最边缘，这幽灵
拖着它泄密的破衣徘徊，
手高举，再见，再见，不是走入
大地的岩石般内脏，
而是走向一个我们的浓密大气

减弱的地带，鬼知道那里有什么。
一个惊叹号以洪亮的橙色
标记那片天空，如一个星际胡萝卜。
它绿色的圆点放错了地方，
在它旁边悬挂着那最初的点，伊甸园的

起点，就在那弯新月旁。
走吧，我们父母的幽魂，我们的幽魂，
我们的梦的孩子的幽魂，从那些意味着

我们的开端与结束的床单里，
去到彩色轮盘的云杜鹃幻土

以及最初的字母表，还有哞哞叫
哞哞叫的奶牛那里去，它们跳过脆尖般的
新月，你此刻正向它航行。
欢迎，告辞。你好，再见。哦，世俗圣杯
的看守者，做梦的骷髅。

74 雕 刻 家

——给莱昂纳德·巴斯金

无形者不断地
来到他的房子，用
眼力和智慧交换如他那
可感的沉重的身体。

移动的手，比神父的手
更似神父地移动，唤起的并非
光与空气的虚幻意象，而是
青铜、木头和石头的明确站位。

执拗，以密纹木头雕成，
一个秃顶天使阻挡那薄薄光线，
使之塑形；双臂交叉，
看着他笨重的世界遮盖

风与云的虚无世界。

地板上堆满铜塑的死者，
不可腐蚀，躯体如红宝石，
令我们相形渺小。我们的身体

在那些目光中闪烁至消亡，
那些眼睛若没有他
就沦丧了空间、时间和身体。
好胜的精灵制造纷争，

试图侵占，窜入噩梦，
直到他的凿子馈赠给它们
比我们更活泼的生命，
比死亡更实在的休憩。

75　五英寻深

父亲，你很少浮上来。
当海浪冰凉地冲刷，
你与潮水一同浮来，被白沫

覆盖：白发，白胡子，蔓延至远方，
一张拖网浮起，下沉，
伴着海浪的波峰与波谷。你散开的

头发放射状地漂荡了
好几里，起皱的发缕在里面
打结，纠缠，活过了

关于起源的难以想象的古老

神话。你漂浮过来
如装有龙骨的北方

冰山，被航船绕过，
却没有被测深。所有的晦暗
始于一个危险：

你有许多危险。我
不忍多看，你的形体遭受
一些奇怪的伤害

似乎快死了：水汽这般
在黎明的海面上散开至透明。
关于你被埋葬的

肮脏的谣言令我
半信半疑：你的再度现身
证明谣言的浅薄，

因你布满纹理的脸上，
古老的沟壑流淌时间的溪水：
岁月雨水般地

冲击着不败的
海峡。漩涡具有如此
圣贤的幽默与耐力，

足以毁掉大地的
地基和天空的横梁。
腰部以下，你也许缠绕成

迷宫似的一团，
深深扎根于指骨、胫骨和
头骨堆中。你不可理解，

在那任何活着的人
都没见过的肩膀之下，
你藐视一切提问；

你蔑视其它神灵。
我漠然走在你国度的边界上，
这无益的流放。

你铺满贝壳的床我还记得。
父亲，这稠密的空气令人窒息。
我愿呼吸水。

76 罗 蕾 莱

这夜晚不适合投河：
一轮满月，河水幽暗地流逝于
柔和的镜面光泽，

蓝色水雾投下
一层层渔网般的纱幕，
尽管渔夫们在沉睡，

庞大的城堡塔楼
于镜中寂静地复制自己，
然而这些形体

竟向我浮来，扰乱
寂静的表面。她们从最低处
升起，肢体沉重

丰满，头发比大理石雕刻
还要重。她们歌唱
一个更充实、更清澈的

不可能的世界。姐妹们，
在这由稳重之人统治的
妥善治理的国家，

你们歌声的负载过于沉重，
涡状耳朵无法倾听。
你们的声音四面围攻，

以尘世秩序之外的
和声使人发狂。你们
寄居于噩梦的倾斜的礁石，

允诺着安定的港湾；
白天，在沉闷生活的边界
与高高的窗台

高歌。你们的沉默
甚至比你们令人发狂的
歌声更糟。在你们

冰冷心肠的召唤的源头——
巨大的深渊在沉醉。
哦，河流，我看见那些

伟大的和平女神
在你银色的波动中深沉地漂流。
石头，石头，渡我至彼处。

77　岩石湾拾贻贝的人

我比水彩画家
更早来，是为了更美的
海角之光，那光将沙砾
擦亮成多面晶体，
将三艘小渔舟晦暗的船身
打磨得锃亮光滑，它们泊在
反流的入海河水的岸边。

我来找免费鱼饵：
蓝色贻贝凝结成块，
如潮水塘边乱草根之中的球茎。
黎明潮水低落。我闻到
泥土腥臭、贝壳内脏
海鸥排泄物；我听见
一种奇怪的硬壳乱扒声

停止了，我接近一个陨石坑般
池塘底部那死寂的边缘，
贻贝镶嵌，呈黯淡的蓝色，
扎眼，然而一个诡秘世界
的铰链却似乎已经
向我锁闭了。全然寂静。
尽管我只数了区区几秒，

在这正警惕打量我的另一个世界
已过去千年，
足以为我赢得安全通行的信任。
乱草伸出爪子；
小泥球从地下被拱出来，
顶开了它们的圆盖
如小小骑士脱下的头盔。

从矮洞和泥沟，螃蟹
寸寸地爬出，全都
以褐色、绿色的
斑驳铠甲伪装自己。每个
长着一只肿得跟身体一样大的
盾牌爪子——不是因职业而肿大的
小提琴家的手，

而是可怕地肿大，可怕地
被负担，为了一个
我猜不到的目的。唑唑响的
乌合之众，它们汇成一道
河流向塘口侧身而去，
也许是去与大海的
稀薄而缓慢的一股流水相会。

大海正将它的波浪
注回河床。
或者为了避开我。
它们斜行，发出
冷淡而潮湿的声音，
闪烁的一缕，稀稀拉拉。
它们能否感觉到爪子间

惬意的泥土，就像我光着脚？
问题就此打住——我
被关在外面，一度，永远，
困惑于这完全陌生的
经过的队伍，
正如我困惑于
哈雷彗星明亮的尾巴

对于我的轨道
竟冷漠无视，它被一个
自己完全不知的姓氏
所命名。螃蟹就这样
忙着自己的事情，
并非拉小提琴，
我则用一张大手帕兜满

蓝色贻贝。从螃蟹视角看，
如果它们能看见，我就是一个
两条腿的拾贻贝的人。
浓密草丛高高的
覆盖下，我发现
一个招潮蟹的壳，
完整无缺，奇怪地偏离

他的泥巴世界——青色，
内脏已被过多的日光
和风漂白，吹散至别处；
很难说他是死于
隐修还是自杀
或是只固执的哥伦布式螃蟹。
蟹脸被腐蚀，搁在那儿，

如骷髅扮出怪脸：它
有东方人的外貌，
如日本武士的虎牙做成的
死亡面具，更多地
为上帝，而不是为艺术。远离大海——
在那里，红斑的蟹背、蟹爪
整只死蟹以及它们

翻过来的湿乎乎的白肚皮
在散去的波浪的涡流
与回旋上表演蹒跚的
华尔兹，将自己一点点地
化为亲切的元素——这遗物保全了
脸面，好面对光脸的太阳。

78　月出时分

白如蛆的桑葚在树叶间变红了。
我会出去，像它们那样坐在白色里，
什么也不做。七月的汁液让果瘤变圆。

这公园长着傻乎乎的花瓣肉身。
白梓树的花朵高耸欲坠，
死去的时候投下一个圆的白影。

一只鸽子驶下来。它的扇尾是白色的。
这职业不错：打开，合上
白花瓣，白扇尾，十根白指头。

指甲可以让半月形在白掌心
变红，而劳动却无法让那手掌变红。
瘀伤让白变色，或者坠落。

浆果变红。一具白色尸体
腐烂，在墓碑下散出腐气
尽管那身体穿干净亚麻衣服走出来。

在此我闻到那白味，就在石头下，
蚂蚁在那儿滚动它们的卵，蛆变肥。
死亡能在阳光底下或之外变白。

死亡在虫卵内外变白。
这白我看不出有任何颜色。
白色：这是思想的肤色。

我累了，想象白色的尼加拉瓜瀑布
自岩石根基上喷涌而起，如喷泉
对抗着自身坠落的沉重意象。

路西娜[①]，瘦骨嶙峋的母亲
在嵌在空中的白色星辰间分娩，
你真诚的脸将白肉剥至白骨，

你拽着远古父亲的脚踝，
他长着白胡子，疲惫不堪。浆果变紫
并流血。白色的胃终将成熟。

---

① 路西娜(Lucina)是罗马神话中女神朱诺与戴安娜的别称，生育的守护神。

79　蛙声的秋天

夏日老了，冷血的母亲。
昆虫稀少且干瘦。
在这些沼泽住地，我们只能
呱叫并衰弱。

早晨在嗜睡中消散。
纤弱的芦苇间
太阳缓慢变亮。苍蝇令人失望。
沼泽令人恶心。

霜冻甚至放倒了蜘蛛。很明显，
"富饶"的天才
在别处安家。我们的族人
哀伤地消瘦。

80　在米达斯的国度

金粉落漫草地。
康涅狄格州的银色河流
以平淡的褶皱扇子般蜿蜒过
临河农场，那儿的黑麦尖变白了。
在硫磺般正午，一切

被擦成阴暗光泽。我们
带着圣像般倦怠，行走在

天空巨大的钟形玻璃罩下
将我们肢体的形象短暂刻于
一畦稻草和秋麒麟，如刻于金叶。

这静止的完满，也许这就是
天堂吧：金苹果挂满枝头，
金翅雀，金鱼，金色山猫
在一张巨大挂毯上静止不动——
热烈的恋人如鸽子。

但此刻滑水橇的人疾行
抱膝。他们以看不见的拖绳
分开河水的绿锈，
镜面颤动成碎片。
他们如马戏团小丑表演特技。

我们就这样被拖着，虽然
想在水草漂白的琥珀色岸边停留。
农夫已去照料他的庄稼，
八月停止了它米达斯式的触摸，
风，裸露出更加坚硬的风景。

81　交流失败

山里的土拨鼠没有跑开
而是得意地疾蹿入张开的蕨类
背靠一块凸起的泥土，面对着我，
我俯身时，她冲我磨她灰黄的
啮齿如响板，不愿以

小心翼翼的叽喳或爱的手势交换：爪子绷紧，
困兽犹斗，我这一套对她无效。

童话里从未有如此相逢，
在爱中相遇的土拨鼠以爱相回报，
无论热情还是敌意，都直言不讳，
任何粗鲁的动物都不会误解。
唉，我失去了怎样的恩典。舌头古怪，
手语无明。猎鹰对卡娜西①
清楚地述说，对粗糙的耳朵却只是胡话。

82　儿童乐园的石头

荫蔽空气里，绿得发黑的
松树底下，某位开国之父
曾放置这些叶状的弯曲的石头，
在树叶过滤的暗处隐现
黑漆漆，如巨人或灭绝动物的

烧焦的指骨，明显来自
另一个时代，另一颗星球。
两侧被姹紫嫣红的
杜鹃花的火焰簇拥，
这些石头神圣不可侵犯，

守护着一种阴暗的宁静，

---

① 　卡娜西（Canacee）：出自乔叟《坎特伯雷故事集》之《乡绅的故事》，
女孩卡娜西从一位骑士那里获得一只魔戒，她能听懂任何生物的语言。

保持自身形体不变，而太阳
在明亮花园里改变玫瑰
和鸢尾的影子——长，短，长
点燃一天最后的光辉，

让杜鹃花的色彩相形见绌，
虽然两者同样
迅速燃尽。在午夜
与正午，在各类天气的冲击下
去追随光的色调

与强度，这无异于
去认识石头的宁静之心：
这些石头用整个夏天
来忘却冬日的寒梦；
只有当打霜时

内里才稍微温暖。
没人能以铁橇将其连根拔起：
它们胡子常青，也不会
每一百年就下山饮河水：
石头的床不被饥渴所打扰。

83　猫　头　鹰

钟敲响十二点。大街显出
异于郊区树林的样貌：被灵光点亮，
但四下无人，它的橱窗里有
婚礼上的糕点

钻戒、盆栽玫瑰、身穿
红狸皮的蜡模特，
都在这富裕的玻璃罩中。
究竟是什么让苍白的

猛禽猫头鹰飞出低陷的
地下室，在街灯和电线上方
惊叫哭号，展翅于
一堵堵墙之间，控制着

转渡的气流，肚子
覆盖柔软的羽毛，看上去
挺恐怖？老鼠牙齿摧毁
被猫头鹰叫声震动的城市内脏。

1958.6.26

84　我所记得的白色

关于山姆我能记起
一片白色：他给我的白色
和长奔①。此后我哪儿也没去成，
除了些乏味的偏离。白色，
不是纹章种马：是灰白的
赛马，他的历史乏味，无可非议，
他久经考验的冷静让新手
和胆小的人愿意租他。

————————

①　"长奔"（great run）也指环绕英国的一系列公路跑步活动。

斑纹虽将他的白色缓和
成谨慎的灰，却并不能缓和他的脾气。

我见他专心、固执，白马，
我骑的第一匹马，高如屋顶，
他齐整小跑，令紧绷的我前仰后倾，
将乡间篱笆和奶牛牧场
将稳稳的绿色摇晃成
一场眩晕的慢跑。然后出于敌意
或考验我，他突然让碧草
流动起来，房屋变成一条
灰白墙面、茅草屋顶的河流，坚硬路面
成为一块铁砧，马蹄是四个锤子
将我颠进它们锤打的空间。

马镫坏了，他不再端庄。
拉紧缰绳也慢不下来，喊他名字，
或路人惊呼，都不管用：他的到来
让十字路口交通堵塞，
世界臣服于他的奔跑。
我抱紧他的脖子。决心
让我变单纯：一个骑手，骑行，
悬在危险之上，悬在
踏响大地的马蹄之上。险些被抛出，还没
被抛出：恐惧和智慧，合为一体：
所有颜色旋转、静止于他那片白色。

1958.7.9

118

85 杜鹃花贼的寓言

我漫步在公园中罕有人至的
玫瑰圃；家里一朵玫瑰
也没有，失落中我想象着
这园子里余下的全部鲜亮。

嵌在墙上的石狮头
任其慵懒的绿色唾液
滴入石盆。我剪下
一个橘色花苞，放入兜里。

它在我花瓶里绽放橘色，
退化成邋遢女人，下次我选一枝红的；
我自认问心无愧，我夺走的
这公园的紫红远不及枯萎掳掠的。

麝香尽我闻，红花尽我看，
我指尖的花瓣打盹儿：
我思索着自己从迷盲的空气
与完全的遮蔽之下拯救出的诗作。

然而今天，我拿着黄色花苞
突然听见月桂丛间的
嘈杂，于是停下。无人出现。
杜鹃花丛中一阵抽搐。

全神贯注地，三个女孩从那杜鹃上
扯下一簇簇樱桃色和粉色的花朵，

堆在摊开的报纸上。
她们无耻地采摘，迅速而无悔意，

不因我的直视而停顿。
却让我踌躇，让我的玫瑰有了一项罪名，
无论是矜持为爱所困惑，
还是小贼因大贼而失措。

86　神话编造的终结

两种美德骑着马，种马和驽马，
来磨快我们的小刀和剪刀：
下巴突出的理性，矮胖的常识，
一个讨好各种各样的医生，
一个迎合家庭主妇和店主。

树木剪了枝，卷毛狗剪了毛，
工人的指甲被修平整，
这两个公务员将钝刀子
用他们的磨刀石磨快，
剁碎那令人头脑混乱的魔鬼——

它那双猫头鹰眼在稀疏树林中
将母亲们惊吓至流产，
让狗群畏缩哀号，
让农场孩子的脾气暴躁如狼，
让家庭主妇整日漫不经心。

87 绿岩，温思罗普海湾

任何蹩脚的借口都难以掩饰
潮水线边凝结的驳船焦油和那毁坏的码头。
我本应有心理准备。

我与海湾分隔的十五年
让记忆获利，却抛弃了旧日的风景，
将这劣质的临时风景

拼凑起来抵偿
我被允诺的田园。破旧的蓝色：
这是个吝啬鬼的产业，

此刻充满敌意。我们曾当做房屋
和船的那块巨型绿岩变黑了
沾满柏油淤泥

和海螺壳，缩水至普通大小。
在对面洛根机场
起降的飞机中，

觅食的海鸥的叫声显得单薄，
灰暗地盘旋于飞升的钢铁影子之下。
亏损抵消了收益。

除非您帮个忙，忽视这
廉价的海港，否则我就是
给这难看之物镀金的骗子，

或者只好钻空子责怪时间，
为那缩小的岩石堆，泥泞的脏浮渣，
为那粗野的迎接。

88　友善的小恶

抽动的鼻尖，老毛病——
此刻像脸上的痣一样
可容忍，直到苦恼让位于
一种扭曲的殷勤——

最初作为上帝的马刺
埋入地下，以惊动祂封闭在
泥土马厩中的魂魄；长久使用，却变成灵魂的
痴迷颓废的主人们的枕边密友。

89　我要，我要

张大嘴，小神仙
硕大，秃顶，尽管脑袋小，
哭喊着要母亲的乳头。
干燥的火山爆裂，喷吐，

沙砾擦伤喝不到奶的嘴唇。
然后哭喊着要父亲的血，
他指派黄蜂、狼和鲨鱼去工作，
操纵塘鹅的嘴。

无泪，冥顽不化的族长
抚养他皮包骨头的族人，
镀金铁丝皇冠上的倒刺，
血红玫瑰梗上的荆棘。

90　诗，土豆

词语，定义即封嘴；画下的字句
撵走模糊的同辈，凶悍地
在想象的诗行只能如幽灵出没的

体制里兴盛。结实如土豆
和石头，缺乏良心，词语与诗行
得一寸便持存。并非因为其粗糙

（尽管事后的想法常常将它们
改得精致匀称）而是因为
它们不断亏欠我：不论更多

或其他原因，它们仍令我失望。
无诗情，无画意，棕色土豆疙瘩
堆在一张极其上等的
纸页上；那呆钝的石头也是如此。

91　整齐的时代

很不幸，这英雄出生在

纪录停滞的省份，
这里最警觉的厨师也失业，
市长的烤肉架
自己转动。

骑蜥蜴的冒险行径中
没有事业可言，
他自己最近因缺少行动
萎缩成树叶大小：
历史击败偶然。

八十多年前，最后一个
老巫婆与催情的药草
和说话的猫一起被烧死，
但孩子们因此获利，
牛奶结出一寸厚凝乳。

Chap. I - star
chap II. The ___ (___ The Sea)
chap. III. ___ ___ silver prince
chap. II me ___ Jack Frost
chap. X c ___ The world of
St ___ ___ ting
___ ___ into picture of
___ ___ and goes
___ th babouches
___ ___ Ghost of the Rain
___ Rain Princess

___ I. Star (summer ___
___ II. The Sea Q___
___ III The Magic
___ IV Moon. ma ___ age and grow young
___ V ___ The wax + wane
at VI Prince of ___ in (fall) the moon
___ VII The Frost Faries (winter) Rain Girl
___ VIII Christmas Eve (winter) Nairaan Rain sprite
___ IX March (light the lam ___) Lisa
___ X The Great Awaken ___ ing (spring comes at night
___ XI "Farewell!" ___ the Rain with a flute and pipes
XII ___ spirit of the Rain The world alive.)
Rain Girl - wistfully(fri) dressed
In an ___ ___ ___

June "Star"

July — "The Sea Queen"

August — "The Magic Jam Pot"

September — "The Moon Maidens"

October — "Prince of The North"

November — "The Frost Faries"

December — "Christmas Eve"

January — "Nancy's Picture Book"

February — "Clothespin Dolls"

March — "Rain Princess"

April — "The Great Awakening"

May — "Farewell!"

1959

92　本迪洛的公牛

黑公牛对着大海怒吼。
原本有条不紊的大海，
朝着本迪洛汹涌而来。

王后从桑树凉亭凝视，
目光呆板，如纸牌王后。
国王捋了捋胡须。

蓝色大海，四只硬角牛蹄，
长牛鼻的大海按捺不住，
顶撞花园的大门。

红太阳底下，沿方格子小径
王爷与贵妇们跑向
吵闹的吼声，然后又跑回来。

巨大的铜门开始出现裂缝，
海水涌入每一条缝隙，
一片混乱，一片黑蓝。

这头牛涌上来，又涌下去，

雏菊锁链或任何有识之士
皆无法将其制止。

哦，规整的王土埋葬海底，
皇室玫瑰在公牛肚里，
公牛在国王大道上。

93　眼里的尘埃

清白如日光，我站着
看牧场马群弯着脖子，鬃毛飘拂，
马尾招展于绿色的
悬铃木背景。阳光直击，
教堂尖塔耸出众屋顶，
让马匹、云朵以及树叶稳稳地

生根，尽管它们全都
向左飘去，如海里的芦苇，
此时碎片飞过来，击中我一只眼睛，
将它扎黑。然后我看见
一场热雨中各种形状融合了：
群马在变化的绿色上扭动，

像双峰骆驼或独角兽一样怪异，
在一张糟糕的黑白照片边缘吃草，
绿洲里的野兽，一段更好的时光。
沙砾摩擦且烧伤我的眼睑：
群马、星辰、尖塔以及我自己
全都围绕这红色煤渣转动。

眼泪以及洗眼器的冲洗
均无法撼动这砂砾：
它卡在那儿，足有一星期。
当前的痒占据我全身，
我看不见未来与过去。
我梦见我是俄狄浦斯。

我想要找回的
是病床与手术刀之前的我，
是胸针与药膏将我固定入
这个括号之前的我；
风中飘扬的马群，
无从回忆的一个地点，一个时间。

94　雪　莉　角

从水塔山到砖墙监狱
卵石轰响，在大海的崩塌下
发出潺潺声。
雪块裂开，翻滚。这一年
含沙的海浪跃过
海堤，落到积满圆蛤壳的
停尸架上，
在祖母的沙地院子里留下

一摊变白的咸冰泥。她过世了，
她洗好的衣服在此结冰，咔嚓断裂，
她守护房子
不让它受淫荡的海蚀。

飓风大浪曾狂舞着将船只残木
送入地窖窗户；
一条被刺穿的长尾鲨鱼
横尸于天竺葵花圃——

冥顽的事物如此串通，
她把扫帚磨得只剩把柄。
她撒手
二十年了，房子的每个土褐色灰泥洞里
仍然镶嵌着
紫色卵石：从大头岛的圆丘
到满潮的海峡，
大海在其冰冷内脏里搁浅了那些石头。

如今已没人在钉木板的
窗户后面过冬了，她曾在那儿
放好面包条和苹果馅饼，
等它们冷却。是什么
在这顽固而破烂的
沙嘴上得以幸存并如此悲痛？
海浪呕出的
遗物在风中咔嗒地聚集，

锌灰碎浪载着短脖绒鸭。
爱的辛劳，爱的徒劳。
大海不停地
啃咬雪莉角。她蒙恩死去，
我经过一片
骸骨，只剩骸骨，被翻弄、抛掷，
狗脸般的大海。
太阳沉下波士顿，血红。

从这无奶乳头般的石头里
我将得到您的爱所倾注的奶汁。
黑鸭子猛扎入水。
您的仁慈也许会流传，
然而我想，祖母，
对最像海沫的那只鸽子来说
石头不足以筑巢。
黑色大海奔涌向沙洲和水塔。

95 夜 鹰

老牧羊人发誓说听见那只鸟
整夜发出颤鸣的喉音像在警告，
它在黑暗中醒来，吸血般地吸干
每头山羊的奶直到清晨。
月圆月暗时，谨慎的牧场主
梦见他最肥的牛缩小了，
被夜鹰这魔鬼鸟的爪子抓成高烧，
它眼睛一闪而过，一块红宝石之火。

所以传说夜鹰有女巫之布做的翅膀
以乌黑的空气遮人眼目，
名字好，名声不好，狡诈的夜鸟，
然而它从未吸过羊奶，也没有
让牛死亡，它惟独竖起嘴洞上的毛，在金龟子
与淡绿色月形天蚕蛾身上投下阴影。

96　格兰切斯特草地的水彩画

彼处，春天的羔羊拥挤在羊圈。
杯中之水般宁静的银色空气里，
一切并不巨大或遥远。
小地鼠在草头荒地吱吱叫，
清晰可闻。
每一只拇指大的鸟
翅膀敏捷，掠过灌木丛，颜色漂亮。

云的残片与被猫头鹰挖空的柳树
斜过温和的格兰塔河，在清澈的水里
投下白与绿的双重世界，
它们的倒影在泊船处随浪起伏。
船夫沉下长篙。
拜伦潭中
温顺的幼天鹅驶过，香蒲分开。

这是儿童餐盘上的国度。
花斑奶牛转动嘴巴，啃咬红花草
或甜菜根，肚皮贴着
毛茛丛上的太阳灵光。
环绕阿卡狄亚式的
宜人的绿草地，
结满红果子的山楂树以白花遮住它的刺。

滑稽的素食者河鼠
锯下一根芦苇，游出它柔软的丛林，
而学生们散步或休憩，

袖口镶蕾丝，浸在朦胧懒散的爱意里——
身穿黑礼服，却不知道
这柔和气氛中
猫头鹰如何从塔楼俯冲，田鼠又如何尖叫。

1959.2.19

97　冬天的船

这码头没有值得一提的伟大登陆。
红色与橙色驳船倾斜着，起了泡
钩连着泊位，过时的华丽与俗气，
貌似坚不可摧。
大海在一层油皮下颤动。

一只海鸥停在棚屋梁上，
乘着风的浪潮，稳如树木
他身穿灰色夹克，一丝不苟，
整个平坦的港湾
泊在他纽扣般黄色圆眼中。

如白日残月或锡雪茄，一架
软式飞艇浮出他的鱼类滑冰场。
景象黯淡如一幅旧蚀刻画。
他们正卸下三桶小螃蟹。
码头上，堆积物似乎要倾倒，

一同要散架的还有远处的
仓库、起重机、高烟囱与桥梁组成的

摇晃建筑群。海水从我们四周
滑过，以散漫的方言闲谈，
运来死鳕鱼和柏油的气息。

更远处，海浪将吐出冰块——
对恋人或公园流浪汉来说，这是
不幸的月份。连人影都冻得发青。
我们想看到太阳升起来
却遇见了这只冰肋骨船，

风吹雨打，长出胡子，一只霜化的信天翁，
恶劣天气的遗物，每只绞盘与牵链
都包在一张透明膜里。
太阳很快就会使它消逝：
每个浪尖像刀子一样闪烁。

98　余　波

灾难的磁石迫使他们
游荡，凝视，好像那烧毁的房子
是他们的，仿佛他们以为
每时每刻都有丑闻从烟熏的壁橱
渗到光天化日之下；
任何死亡或巨大的伤害
都不能满足这些猎手，他们还在
追逐那块肉，严酷悲剧的血迹。

母亲美狄亚穿着绿色女衬衣
像所有家庭妇女，谦卑地

行走于她被毁的房间，估量
烧焦的鞋子，湿透的家具衬垫：
观众被骗夺了火葬柴堆与肢刑架，
吸干她最后一滴泪，扭头就走。

99 解剖室的两个场景

（一）
她参观解剖室那天
他们摆好四个人，焦黑如火鸡，
已半散架了。他们身上附着
一股死人缸的醋味；
穿白大褂的男孩开始工作。
他面前的尸体脑袋已内陷，
那堆颅骨板和老皮革的瓦砾
几乎让她无从下手。
一条发黄的绳子把它缚到一起。

蜗牛鼻的婴儿在罐中出神，发白光。
他递给她割下的心，如一件破碎遗物。

（二）
布鲁盖尔烟火与杀戮的全景内①
只有两个人对腐肉军队视而不见：
他漂浮在她蓝缎裙裾的
海洋上，向着她裸露的肩膀

---

① 这节诗受启发于布鲁盖尔（Pieter Bruegel）1562 年画作《死亡的胜利》。

歌唱，而她弯着腰，在他头顶上
摆弄一张乐谱，死亡首脑手中的
提琴声盖过他俩的歌声，他俩充耳不闻。
这对佛兰德恋人成功了，但不长久。

然而在画里停下脚步的荒凉绕过了这
荒谬而精致的小块地方，就在右下角。

100　卵石岛上的自杀^①

热狗在他身后烤架上滋滋爆裂，
赭色盐滩，汽油桶，
工厂烟囱——他的内脏
是这不完美的风景的一部分——
随着透明的上升气流悸动、荡漾。
阳光射向水面如一个诅咒。
没有荫蔽的坑可以爬进去，
他的血液里击响古老的归营鼓声，
我在，我在，我在。孩子们
在卷浪破碎处尖叫，海沫被风撕扯
从浪顶飞散开去。
一条杂种狗撒开腿奔跑
逼使一群海鸥拍翅飞下沙嘴。

他闷燃着，耳聋如石，双眼被蒙，
他的身体与海边垃圾一道搁浅，

---

　　① 卵石岛(Egg Rock)是位于美国麻省纳汉特海湾(Nahant Bay)附近的一
个小岛。

那是一架永远呼吸的跳动的机器。
苍蝇列队穿过一个死鳐鱼的眼洞
嗡嗡地攻击拱形脑室。
他书里的词语蠕动着钻出页面。
一切事物如白纸闪烁。

一切事物在腐蚀性阳光下缩水
除了蓝色废墟上的卵石岛。
走入海水时，他听见

善忘的海潮给那些礁石涂上乳脂。

101　毁坏的脸

这张揉烂的脸有马戏团的异国情调，
在集市上巡游，苍白，
被无法言说的苦恼所折磨，
从渗漏的眼睛到肿大的鼻子都透着伤感。
两根大头针般的腿在人群下蹒跚。
痛苦地变紫，嘴被串在呻吟上，
已无法待在家里，不再有任何顾忌——
我自己，我自己！——猥琐，悲惨。

白痴的睨视都比这强些，
还有迟钝之人的石头脸，
伪君子天鹅绒般的躲闪：
对于胆小的孩子，对于街上的淑女，
这要好些，好些，更可以接受。

俄狄浦斯啊。基督啊。你们折磨我。

1959.3.19

102　隐　喻

我是一个九音节的谜语，
一只大象，一座笨重房子，
一个散步的甜瓜，两条卷须腿。
哦，红果子，象牙，好木材！
这面包被酵母搞大了肚。
这鼓胀钱包中，钱币被新铸。
我是一个手段，舞台，奶牛犊。
我吃了一袋青苹果，
上了不能下站的列车。

1959.3.20

103　杜鹃花路上的伊莱克特拉

你死的那天我走入烂泥，
走入无光的冬眠巢，
黑金条纹的蜜蜂在那儿睡过了暴风雪
如写满古埃及文的石头，大地坚硬。
二十年来，它是越冬的好地方——
仿佛你从未存在，仿佛我
以上帝为父从娘胎来到这世界：

她宽大的床留下神性的污渍。
我蠕动着爬回母亲心窝时，
我毫无负罪感。

我穿着天真的连衣裙，像个小洋娃娃，
我躺下梦见你的史诗意象纷呈。
没人在那舞台上衰败或死去。
一切发生于一片持久的白色。
那日我醒来，在墓园山上醒来。
我找到你的名字，我发现你的骸骨
和所有东西都被征入狭窄的冥府。
你的墓石生斑，斜靠铁栏。

这慈善病房，这救济院，死人
脚挤着脚，头挨着头，没有花朵
破土而出。这儿是杜鹃花路。
野地的牛蒡向南绽开。
六尺黄沙盖住你。
他们在你旁边的墓石上放了
一篮子塑料长青枝，人造红色鼠尾草
在那里面既不摇晃也不腐烂，尽管
雨水溶解这片血色染料：
假花瓣淌水，滴着鲜红。

另一种红色令我心忧：
那日你松垂的船帆喝下我姐妹的呼吸，
平坦的大海变紫，像我母亲在你
最后一次归家时展开的那块邪恶的布①。

---

① 古希腊悲剧《奥瑞斯提亚》中，伊莱克特拉之母克吕滕涅斯特拉(Clytemnestra)
趁其夫阿伽门农出浴时，以一块"邪恶的布"将他包裹住，然后刺杀。

我从一场古老悲剧借来高跷。
真相是，某个十月末，一只蝎子听见我
出生的哭声就螫痛它的头，一个厄兆；
母亲梦见你面朝下飘在海里。

石头似的演员们站稳，停下来喘气。
我给你带来我的爱，你却死了。
母亲说，是坏疽把你吃得只剩下
骨头；你死得和别人没什么两样。
我将如何衰老至那般心境？
我是个身负恶名的自杀的幽灵，
我的蓝色剃刀在喉咙里生锈。
哦，父亲，原谅那敲你的门
乞求原谅的人——你的母狗，女儿，挚友。
是我的爱，将我俩置于死地。

104　养蜂人的女儿

大放厥词的花园。紫色，杂红，黑色
硕大花冠扩张，剥回它们的花丝。
它们的麝香一圈一圈侵袭，
香味之源浓得几乎让人窒息。
你穿着大衣如僧侣，蜜蜂大师，
你在多排纽扣般的蜂巢间穿行，

我的心在你脚下，我是石头的姐妹。

喇叭喉管向群鸟的喙张开。
金雨树洒落花粉。

这些红黄相间的小小闺房中，
众花药点头，如缔造王朝的
强大君主，气氛富贵。
这是任何母亲都无法企及的女王风范——

一个果子，尝了便是死：黑果肉，黑果皮。

在手指般狭窄的洞穴里
孤零零的蜜蜂在草间筑窝。我跪下来
眼凑近一个洞口，撞见一只
哀伤如泪的圆圆的绿眼。
父亲，新郎，在这枚糖玫瑰花冠下的
复活节彩蛋中，

蜂后嫁给了你岁月的冬季。

105　最外面房子里的隐士

天空和大海，空茫的蓝石碑，
地平线的铰链，啪地合上
也无法将这个人压平。

伟大的众神：石脑袋，爪足，
因这许多岩石的撞击与爪子的威胁
日渐风化，终于意识到这一点。

这些古老的暴君，
他们为何阴郁地承受
长期的酷热与严寒，而他却

坐在门槛上笑得浑身颤抖，
背脊骨不屈不挠
如他笔直小屋里的梁柱？

那儿惟有严酷的诸神。
他却摸出了另外的东西。
不是石头般粗硬的锅，

而是某种有意义的绿色。
他经受住了他们，那隐士。
岩面与蟹爪紧靠绿色边缘。

海鸥在最绿的光芒中沉思。

106　黑衣人

三个洋红色防波堤
承受着左侧灰色大海的
推挤与吮吸，

右边波浪对着
鹿岛监狱布满铁丝网的
暗褐色海岬

松开拳头，那里有
整齐的猪栏
鸡舍和牛犊，

三月的冰

使岩石间的水变光滑，
鼻烟色砂崖耸立在

一个巨大的遭落潮
不断侵蚀的石嘴上方，
你，穿着死时的黑大衣，

黑鞋子，一头黑发，
大步跨过那些白石头，
直到你站在那里，

如远处尖顶上
一个固定的漩涡，铆接
石头、空气与万物。

107　老　人　院

长着黑色鞘翅，如甲壳虫，
脆弱如古代陶器
吹一口气就颤成碎片，
老妇们爬出来
在石头上晒太阳
或者靠墙撑住，
墙上的石头还有一点暖意。

鸟喙般的毛线钩针
与她们的话音正好对位：
儿子，女儿，女儿，儿子，
又远又冷漠，像照片，

没人认识的孙子辈。
年岁把最好的黑布
磨成铁锈红或青苔绿。

猫头鹰一叫，年老的众幽灵
把她们撵下草坪。
女士们戴着帽子，在棺材般
密闭的床上咧嘴笑。
死神这头秃鹰
在大厅里驻足，灯芯
随每一次吸气而变短。

108　补网的人

从沙丁渔船停泊的小港往上游的半道
从小树林往下游的半道，那里薄薄的苦杏仁
在绿荚中变肥，三个补网的人坐在外面，
穿一身黑，每一个都在哀悼某人。
她们又在大路上摆好结实的凳子，面对着
阴暗门廊搭成的多米诺骨牌。

　　　　　　　太阳向她们的乌鸦色投下斑点，
染紫了树叶隐映的无花果，染红了尘埃。
在以托马斯·沃图尼欧命名的大路上，云母
在小鸡的环状脚趾下闪烁如钱币。
白房子像山羊从岩石上舔下的海盐。

她们的手指在或粗或细的网线上忙着，
她们的眼睛使整个镇子旋转如一只蓝绿色的球。

谁出生，谁死去，她们了如指掌。
她们谈论新娘的丝带，谈论斗鸡般勇敢的恋人。

月亮，一个石质圣母像，俯向铅灰的海
与围绕她们的铁山。泥土的手指
将古老的词语拧绞入网线：

今夜，愿鱼入网
带来银色收成，愿我们丈夫与儿子的
灯盏在低垂的星空下平安行走。

109 乳白色浅滩

那上面，海鸥的叫声中
　　我们漫步于迷宫，褪色的
淡红遗骸，贝壳与蟹钳，

仿佛还是夏天。
　　那个季节转过身。就算
大海的绿色花园停顿

垂首，并在一本古书中
　　或墙壁的挂毯上
恢复永恒的花园的样式，

我们身后的树叶仍
　　扭曲，流逝。
上一个月份也凋谢了。

我们下面，一只白鸥
　　占据水草般湿滑的突岩，
赶走其它海鸥。螃蟹

徘徊于他的石头领地；
　　河蚌聚集，像蓝色葡萄：
他的喙带来丰收。

水彩画家在紧迫的
　　气氛里抓起他的笔。
地平线上一艘船也没有，

海滩与岩石光秃秃的。
　　他画了一大群海鸥，
翅膀在冬季里击鼓。

1959.10

110　沉　睡　者

没有地图绘出
那两个沉睡者所在的街道。
我们失去线索。
他们仿佛卧在水底
一束不变的蓝光里，
落地窗半开，

窗帘镶着黄色花边。
湿润的泥土气息

从狭缝中升起。
蜗牛留下银色踪迹；
阴暗灌木环绕房屋。
我们回头一望。

在死般苍白的花瓣
与形状僵固的树叶间，
他们继续沉睡，嘴对嘴。
一片白雾升起。
绿色小鼻孔在呼吸，
他们在睡梦中翻身。

从温暖的床上被撵走，
我们是他们做的梦。
他们的眼皮可以庇荫。
无物能伤害他们。
我们蜕下我们的皮，
滑入另一个时间。

111　雅都①：大庄园

木柴冒烟，远处的喇叭声
渗透入这明净的
空气，变模糊。

---

① 雅都(Yaddo)是一个艺术家社区，位于纽约萨拉托加斯普林斯区
(Saratoga Springs)，它为电影、文学、音乐、绘画以及雕塑等领域的艺术家提供
住宿。

红番茄运进来，还有青豆；
厨师从藤下
拖出一个南瓜

做馅饼。冷杉上挤满白头翁。
金鲤鱼在水潭中隐现。
一只黄蜂爬过

被风吹落的果实，啜饮苹果汁。
工作室里的客人们
沉思，创作。

室内，蒂凡尼的火凤凰
在壁炉上方升起；
两个雕刻的雪橇停在

楼梯柱子旁的橙色绒布上。
柴木炉烧得温暖，如烤面包。
晚来的客人

每天早晨醒来，面对钴的天空，
一扇镶钴的窗，
锌一样白的雪。

112　垂　饰

饰有月亮和星星的大门旁
一条雕于剥落的橙木上的
青铜之蛇躺在阳光里

一动不动如鞋带；已死
却还柔软，他的下巴
错位，笑容扭曲，

舌头是一支玫瑰色的箭。
我把他挂在我手上。
当我在阳光下翻转他时

他的朱砂色小眼珠
燃起玻璃般火焰。
有一次我凿开一块岩石

石榴色碎片就像那样燃烧。
他背部被灰尘弄暗成赭石色，
像被太阳晒坏的一条鳟鱼。

他肚子里的火
竟在锁子甲下面持续，
古老的珠宝在每一片

浑浊的肚鳞中闷烧：
透过乳白玻璃去看的落日。
我看见发黑的瘀伤中

白蛆虫蜷曲，细如大头针，
他的内脏鼓起，像在
消化一只老鼠。

如一把刀，他够贞洁了，
纯粹的死亡金属。园丁
抛掷的砖头令他的笑容完美。

113 庄园里的花园

喷泉干涸，玫瑰开败。
死亡的馨香。你的日子临近。
梨子变圆如小小佛陀。
一层蓝雾拖曳湖水。

你行走于鱼的年代，
自鸣得意的猪的世纪——
头、脚趾以及手指
祛除了那阴影。历史

滋养这些破碎的凹槽，
这些老鼠簕的花冠，
乌鸦整理她的衣裳。
你继承白色石楠，一只蜜蜂翅，

两次自杀，家族狼群，
空白钟点。一些坚硬的
星星已使天堂发黄。
蜘蛛踩着它自己的线

跨越湖水。虫子们
离开它们惯常的住所。
小鸟们聚集，聚集
带着它们给一次难产的礼物。

114　蓝色鼹鼠

（一）

从黑暗破布袋出来，这两只
鼹鼠死在铺满沙砾的车辙中，
不成形如被扔弃的手套，相隔几尺远——
一条狗或狐狸咀嚼过的蓝色绒面革。
其中一只看上去够可怜，
小小牺牲品，被某个大动物
从他榆树根底的坑道中挖掘出。
第二具尸体让这看上去像一场决斗：
目盲的双胞胎，被恶的天性咬死。

遥远的天穹明净，清醒。
落叶在路径与湖水之间
抹除它们的黄色洞穴，
没有暴露险恶的地点。鼹鼠
已经呈现石头式中性。
它们的螺丝锥鼻子，它们白色的爪子
抬起，僵硬，一个家庭照姿势。
很难想象狂怒如何击打——
此刻已消散，一场古老战争的硝烟。

（二）

每晚，战斗的叫喊在老兵
耳朵里响起，我再一次
进入鼹鼠柔软的毛皮。
对于它们，光线即死亡：它们在光里干瘪。
我沉睡时，它们穿过寂静的洞室，

翻开泥土，掘根的家伙
搜寻树根与岩石的胖娃。
白天，只见表土起伏。
在那底下每一个都是孤独的。

特大号的前爪开出一条路，
它们在前：打开岩脉，
挖掘甲壳虫的附肢
动物胰脏，碎片——
一遍一遍地吃。
最终饱食的天堂却仍然
遥不可及。我们之间的一切
都在黑暗中发生，随着
每一口呼吸转瞬即逝。

115 暗木，暗水

这木头燃起
一股暗香。灰白青苔
在木头嵌接处滴水，

大树的老骨头
长出胡子。
蓝雾飘过

挤满鱼的湖。
蜗牛以一卷卷羊角
卷起光滑的

水的边界。
在空旷的
彼处，晚近的岁月

捶打她的多种
稀有金属。
古老的青灰色树根

在飞机机身般的
水的镜面上弯曲，
此时空气的

透明沙漏渗出
一股金屑，
而明亮的水光正滑动

它们的铁环，一个
接一个，滑下
冷杉的树干。

116　波莉的树

梦幻之树，波莉的树：
　枝条密如灌木，
　　每根斑驳的树枝

收束于一片
　绝无仅有的
　　窗玻璃般薄叶

或一朵纸般扁平的
　　幽灵之花
　　　颜色如呼出的霜

一样易蒸发，
　　比中国贵妇用来
　　　撩拨知更鸟蛋的

任何一把丝扇
　　更加精致。
　　　马利筋的

银发种子
　　来此处休憩，
　　　脆弱如烛火上

那层光晕，
　　一片鬼火的
　　　灵光，或云的

吞吐，倾斜着她
　　奇异的枝形烛台。
　　　它在环状烛花蒲公英

白色菊花轮
　　和虎脸三色堇
　　　那苍白的光照下

闪烁着。哦，
　　它不是家谱图，
　　　波莉的树，也不是

天堂之树，虽然
　它结合了石英薄片
　　羽毛和玫瑰。

它从她的枕头
　长出，完整如蛛网，
　　像手一样有骨头，

梦幻之树。波莉的树
　袒露着一道情人节
　　卡片的圆弧，

那是泪珠滚滚的滴血的心，
　一颗飞燕草蓝星
　　为它加冕。

117　巨　像

我永远无法完整地组装你，
将你拼合，粘贴，正确连接。
骡嘶、猪叫还有猥琐的咯咯声
从你肥厚的嘴唇间发出。
比谷仓边空地更糟。

你也许自以为是神谕者，
死者或某位神灵的代言人。
三十年了，现在我费力地
清理你喉咙里的淤泥。
我没有变得更高明。

提着胶锅和几桶消毒水攀上小梯子，
我像一只哀悼的蚂蚁爬着，
爬过你杂草丛生的额头
来修补这巨大的头骨，清理
你眼睛的光秃的白色坟冢。

来自奥瑞斯提亚的蓝天
拱立在我们头顶。哦，父亲，你独自矗立，
精辟沧桑如古罗马广场。
我在黑色柏树的山上打开午餐。
你那带凹槽的骨头与老鼠籁般头发

散乱成古老的无序，直至地平线。
一次闪电的击打
也不足以创造如此废墟。
夜晚里，我蹲在你左耳的
丰饶角中，风吹不到我，

我数着鲜红与梅红的星星。
太阳自你舌头的柱石升起。
我的时光嫁给了阴影。
我不再倾听龙骨
在靠岸的空白之石上的刮擦。

118　私人领地

初霜时我走在玫瑰红果实间，你从欧洲的
遗物堆里带回希腊美人
的大理石脚趾

让你在纽约林区的狭地更有魅力。
很快，每个白皙淑女将被木板封存
以抵挡龟裂的气候。

勤杂工哈着白气，
一上午都在给几个金鱼池塘排水。
它们像肺一样坍塌，逃逸的水
一缕一缕回流，回到
纯粹的柏拉图的桌子，它本就属于那儿。
橘皮样小鲤鱼散落泥中。

十一周了，我对你的房子已很熟悉
我几乎不必出门。
一条超级高速路将我封锁。
南来北往的汽车交换它们的毒药，
把麻痹的蛇压成丝带。此处，草叶
在我的鞋上卸下它们的悲痛，

森林嘎吱响，疼痛，日子忘记自身。
我在排干的池塘旁弯腰，
小鱼随泥土的冻结而蜷曲。
它们闪烁如眼睛，我将它们全部收集。
存放古老日志与影像的停尸房，湖面
敞开又关闭，于自身的反光中迎接它们。

119　生日之诗

1. 是谁
　花期结束了。果实诞生，

已咬过或腐烂。我饥不可耐。
十月是储藏的月份。

这小屋霉臭如木乃伊的胃。
旧工具，把手，生锈的长牙。
我在一堆骷髅中感觉在家。

让我坐在花盆里吧，
蜘蛛不会发现我。
我的心是一株停止的天竺葵。

风如果不烦扰我的肺就好了。
什么狗在嗅花瓣。它们头朝下开花。
它们发出格格声如八仙花丛。

腐烂的头颅安慰我
它们昨天被钉到这椽上：
这囚犯无需冬眠。

卷心菜心：紫得像虫子，光滑如银，
长着骡耳朵，被蛾咬烂皮，但心地油绿，
它们的脉络白得像猪油。

哦，实用的美！
橙色南瓜没有眼睛。
这些大厅里挤满以为自己是鸟的女人。

这是一所沉闷的学校。
我是根、石头、打猫头鹰的弹丸，
什么梦也没有。

母亲，你是一只嘴
我将成为你的舌。他者的母亲
吃了我吧。呆看废纸篓的人，门廊的阴影。

我说：我还年幼，我必须记住这个。
那儿曾有如此硕大的花朵，
紫嘴巴与红嘴巴，太可爱了。

一圈圈黑莓茎令我恸哭。
此刻它们点亮我，如点亮一只灯泡。
有好几周我什么也不记得。

2. 阴暗的房子

这是座阴暗的房子，很大。
我自己造的，
一个个房间，从安静的角落开始，
啃咬灰色墙纸，
渗出胶水滴，
吹口哨，扭动耳朵，
想着其他事。

它有这么多地下室，
滑溜的深角！
我身体滚圆，如猫头鹰，
我借自己的光看见。
我随时可以生一窝小狗
或产一匹马。我的肚子在动。
我必须制出更多地图。

这些骨髓丰富的地道！
长着鼹鼠手，我一路吃向前。

大口舔干净灌木
和一锅锅的肉。
他住在一口古井里，
一个石洞。应该怪他。
他很肥硕。

散发臭味的卵石，似萝卜的房间。
小小鼻孔在呼吸。
小小的卑微的爱人！
无用之物，没有骨头，像鼻子，
在根茎的肠子里
很暖和，一切都好。
这儿有位令人想拥抱的母亲。

3. 酒神的女祭司
我曾经很平凡：
坐在父亲的豆荚树旁
吮吸智慧的手指。
鸟儿产奶。
打雷时我躲在一块扁石头下。

嘴巴的母亲不喜欢我。
父亲缩成一个洋娃娃。
哦，我太大了，回不去了：
鸟的奶是羽毛，
豆荚的叶子像手一样哑。

这个月不适合做什么。
死物在葡萄叶间成熟。
我们中间有只红舌头。
母亲，别进我的谷仓空地，

我正变成另一个人。

狗头，吞吃者：
喂我点黑暗莓果吧。
眼皮合不上。时间
从太阳的大肚脐上松开
它无尽的闪烁。

我必须整个吞下它。

女士，月亮缸里别的这些人是谁——
睡得醉意醺醺，肢体错乱？
在这光线下血是黑的。
告诉我我的名字。

4. 野兽
他早先是半牛半人，
餐盘上的国王，我的幸运兽。
在他空中的领地呼吸很容易。
太阳坐在他腋窝里。
没什么会发霉。小小的隐形人
从头到脚服侍他。
忧伤的姐妹送我上另一所学校。
猴子住在笨蛋帽里。
他老是冲我飞吻。
我几乎不认识他。

甩不掉他：
爪子咕哝，眼泪汪汪，可怜，
小狗菲多，知根知底。
一个垃圾桶就能满足他。

黑暗是他的骨头。
随便唤他什么名字，他都会来。

污泥坑，兴奋的猪圈脸。
我嫁给了一碗柜的垃圾。
我睡在鱼的水洼里。
此处天空总在陷落。
猪在窗前打滚。
这个月，星形虫子也救不了我。
我在时间的肠子末端操持家务，
在蚂蚁与软体动物之间，
空无的女公爵，
象牙头发的新娘。

5. 来自芦苇池塘的笛声
此时寒冷一层层渗透下来，
直到百合根旁的凉亭。
头顶上，夏季的古老雨伞
萎缩如无力的手。几乎毫无荫蔽。

天空的眼睛每时每刻扩张
空白的疆域。星星也不更近。
青蛙嘴和鱼嘴已经开始喝
懒散的汁液，一切事物沉入
一张遗忘的软胎膜。
易褪色的色彩消失了。
石蚕在它们的丝箱里打盹，
顶着灯盏的仙女如雕像打着瞌睡。

从主人的牵线里释放出来，
木偶戴着长角的面具上床。

这不是死，这是更安全的事情。
长翅膀的神话再也不牵扯我们了：

蜕落的皮没有舌头，却在水面的
一根芦苇尖上歌唱各各他①，
以及一位脆弱如婴儿指头的神
将如何蜕去自己的壳，飞向空中。

6. 焚烧女巫
他们正在集市上堆起干柴。
茂密的阴影是件穷酸外套。我居住在
我自身的蜡像里，洋娃娃躯体。
恶心从这里开始：我是一块女巫的标靶。
只有魔鬼才能吞噬魔鬼。
在红叶之月，我爬上一张火床。

指责黑暗很容易：大门的嘴，
地窖的肚子。他们吹灭了我的烟火。
一位长着黑鞘翅的女士把我关入鹦鹉笼。
死人的眼睛真大呀！
我与一个毛茸茸的幽灵相亲近。
烟雾从这空罐子边沿滚出来。

如果我是小孩，就不会产生危害。
如果我不走动，就不会撞翻东西。我如是说，
坐在锅盖下，微小，一动不动，如一粒米。
他们燃起炉子，一圈又一圈。
我们涂满淀粉，我小小的白皙的同胞。我们生长。
开始很痛。红舌头将教会真理。

_____

① 圣经中耶稣被钉十字架的地方。

甲壳虫的母亲，松开你的手吧：
我将飞过蜡烛嘴，如一只未灼伤的飞蛾。
把我的形体归还给我。我准备解释在石头的阴影下
我与尘土联姻的那些日子。
我的脚踝发亮。亮光升至我大腿。
我迷失，我迷失，在这片光芒的长袍里。

7. 石头
这就是那座修理人的城市。
我躺在一块大砧上。
我坠出那片光芒时

平坦的蓝色天空环
飞脱，如一顶洋娃娃帽。我进入
漠然的胃，无言的碗柜。

杵的母亲使我变小。
我变成一块静止的卵石。
肚子的石头很平静，

那块墓石静悄悄，无物推挤它。
惟有嘴洞尖声鸣叫，
沉默的采石场里

蟋蟀唧啾不停。
城里的人听见了。
他们追捕那些石头，不说话，分头行动，

嘴洞尖叫报出它们的位置。
我醉得像一个胎儿
吮吸黑暗乳头。

164

食管簇拥我。海绵吻走我的青苔。
珠宝大师插入他的凿子
撬开一只石头眼。

地狱过后：我看见了光。
一阵风吹掉耳腔的
塞子，这忧心之人。

水缓和燧石嘴巴，
日光在墙上映射着单调。
移植者兴高采烈，

加热钳子，举起精致的锤子。
一股电流震动电线
伏特渐高。羊肠线缝合我的裂隙。

一个工人走过，扛着一具粉红躯干。
贮藏室堆满心脏。
这是个多余器官的城市。

我被裹住的手脚闻起来像橡胶一样香。
此处他们可以修理脑袋或任何肢体。
星期五，小孩子们

用他们的铁钩来交换手。
死者把自己的眼睛留给别人。
爱是我的秃顶护士的制服。

爱是我的咒语的骨头与肌腱。
花瓶，经过修复，装着
难以捉摸的玫瑰。

十根手指形成一个盛阴影的碗。
我的缝补处发痒。无事可做。
我将完好如新。

1959.11.4

120　烧毁的温泉疗养地

一头年老的野兽于此处毙命：

林中怪物，生锈的牙。
火将他的眼睛熔炼成
一堆淡蓝色玻璃物质，浑浊
如松树皮分泌的树脂滴。

他躯体的椽和支架仍显出
烧焦的中亚大尾羊。我不知道
他的尸体在夏天的废弃物与
那黑树叶的瀑布之下沉埋了多久。

现在细小的杂草在他的
骸骨间插入柔软的羊革舌头。
他的盔甲，他倒塌的石头
成了蟋蟀的滨海广场。

在那曾经让他运转的铁内脏、搪瓷碗
线圈和管子之间，
我又挖又撬，像个医生
或考古学家。

小山谷吃掉那曾吃掉它的。
然而春天的脓水
仍如往常，清澈地从破碎的喉咙
沼泽般唇间流出。

它流淌在一座凹陷之桥的
绿色与白色的栏杆下。
我斜靠着，遇见一个
蓝色的不可能的人，

香蒲编织出她的身形。
她多么优雅而简朴，
安坐于单调的水底！
这不是我，这不是我。

没有动物来破坏她的绿色门阶。
我们永远进不到
由持存者当家的地方。
那催促我们的流水

既不滋养也不治愈。

1959.11.11

121　蘑　菇

整夜，很
苍白地，谨慎地，
很安静地

167

我们的脚趾，鼻子
抓紧黏土，
获取空气。

没人看见我们，
阻止我们，背叛我们；
小谷粒腾出地盘。

柔软的拳头坚持
举起针叶，
举起树叶的床垫，

甚至举起路砖。
我们的锤子，我们的槌子，
没有耳也没有眼，

全然沉默，
拓宽裂隙，
用肩膀挤过孔洞。我们

饮水为生，
吃阴影的碎屑，
举止温和，要求

很少或没有。
我们数量好多！
我们数量好多！

我们是搁板，我们是
桌子，我们温顺，
我们可以吃，

不由自主地
推着揉着。
我们的物种正繁殖：

我们将在清晨
继承大地。
我们的脚已在门口。

1959.11.13

1960

122 你 是

小丑一般，用手撑地最快乐，
脚伸向星星，月亮般脑壳，
脸似鱼鳃。理智地
对渡渡鸟模式一概倒竖拇指。
自己缠住自己，像一只线轴，
猫头鹰般拖着你的黑色。
哑如萝卜，从七月四日
直到愚人节，
哦，膨胀者，我的小面包。

模糊如雾，如邮件般被渴望。
比澳大利亚更远。
弯腰的擎天神，游历各地的大虾。
温暖如花蕾，舒适如
泡菜罐里的小海鱼。
一鱼篮的鳗鱼，全是涟漪。
如墨西哥跳豆般蹦高。
正确如一个算数总和。
一块干净的石板，只映出你自己的脸。

1960.1.2

173

123　悬吊之人①

某个神抓住我的发根。
像个沙漠的先知，我被他的蓝色伏特灼烧。

夜晚噼啪一声消失如蜥蜴的眼睑：
无荫蔽的眼窝中，光秃的白色日子的世界。

一种秃鹰般的厌倦将我钉在这树上。
他如果是我，也会干同样的事。

1960.6.27

124　死　产

这些诗无法存活：一个悲哀的诊断。
它们的脚趾和手指长得不错，
它们小小的前额凸出，聚精会神。
如果它们没能像人一样四处走动
那不是因为缺少母爱。

哦，我不明白它们到底怎么了！
它们的形状、数目以及每部分都正确。
它们乖乖地坐在酸液里！

---

① "悬吊之人"或"倒吊人"是塔罗牌里的一张，意指有意识的自我牺牲，与圣彼得在十字架上倒着被钉死有关。

它们笑啊，笑啊，笑啊，对着我笑。
肺部就是无法吹气，心脏无法跳动。

它们不是猪，甚至连鱼也不是，
尽管它们有猪和鱼的模样——
它们是活的就好了，它们理应活着。
但它们却死了，它们的母亲因精神错乱也快了，
它们傻盯着，不谈论她。

125　甲　板　上

半夜，大西洋中部。甲板上。
一些自我沉迷的乘客像裹着
厚厚的面纱，他们不说话
像服装店里的模特儿，追踪
天花板上古老的星座图。
微小而遥远的一艘船

如一个双层结婚蛋糕被点亮，
载满烛焰，缓缓离去。
此时没什么值得一看。
也没有人走动或说话——
地毯般大小的一方甲板上
猜牌游戏者，恋爱游戏者

正被猛拉过浪峰和低谷，
每个人停顿于自己的特殊时刻
像城堡里的君王。
小雨落在他们的外衣和手套上：

它们飞得太快，感觉不到湿。
他们要去的地方，凡事皆可能发生。

一位邂逅女士——上帝供养的
宗教复兴主义者（去年八月，
祂给了她一本小册子，一根珍珠帽针，
以及七件冬天的大衣）
低声祷告，希望她能拯救
西柏林的艺术学生。

她身旁的占星家（狮子座的人）
根据星象选择旅行日期。
没遇见浮冰，这让他很高兴。
一年之内他会发财（他应知道）
他将算命天宫图以两英镑六先令的价格
卖给威尔士和英格兰的母亲们。

丹麦来的白发珠宝商
正雕刻一个各方面都完美的妻子
从头到脚服侍他，她安静得像钻石。
月亮似的气球以绳子
系在主人手腕上，轻轻的梦
一有岸的消息就被释放，飘走。

1960.7

126　睡在莫哈韦沙漠

这儿没有炉石，

只有热沙砾。干燥，干燥。
空气危险。正午
对想象力产生奇异作用，在不远处
竖起一排杨树，在疯狂而笔直的
大路旁，这是唯一可以让人
记起人类与房屋的物体。
日出前的蓝色时分
凉风会栖在那些树叶间，
露珠将聚集叶面，比钱币更珍贵。
然而它们退去，像明日不可触摸，
或如洒落之水的闪亮虚构
在干渴之人的前方滑动。

我想到在一小片阴影的
缝隙里晾舌头的蜥蜴
以及守护着心之滴液的蟾蜍。
沙漠发白，像盲人的眼珠，
像盐，了无慰藉。蛇与鸟
在愤怒的古老面具后打盹。
我们在风里摸爬滚打如炭火架。
太阳扑灭余烬。我们躺卧之处
热得开裂的蟋蟀
戴着它们的黑盔甲集合，尖叫。
白日残月发光，如寒碜的母亲，
蟋蟀爬入我们的头发
以打发掉短暂的夜晚。

1960.7.5

127　两个露营者在云的国度

（落基山湖，加拿大）

这个国家既无措施也无衡量
来纠正岩石与森林的统治，
例如这些让人羞愧的飘过的云。

你我的任何姿势都无法引起它们注意，
没有谁命令它们输送水或点燃引火物
如被更高存在的魔力所支配的山精鬼怪。

哦，厌倦了公园；想要一次
不被树林、云朵与动物注意的假期；
离开贴标签的榆树，温顺的香茶玫瑰。

开三天的车，一路向北，才发现
一朵无法被波士顿文雅的天空所容纳的云。
在巨大而急躁的精神的最后边境

地平线过于遥远，不似友善的大叔；
众多颜色各执己见，带着某种仇恨。
每一天都在一大片朱红色中结束，

夜晚猛跨一步到来。
没有意义也挺舒服，总算有所改变。
这些岩石不向草和人兜售什么：

它们正孕育一个绝对寒冷的王朝。

不出一个月，我们将忘掉盘子和叉子。
我倚着你，麻木如化石。告诉我，我在这里。

清教徒与印第安人可能从未出现过。
行星在湖中脉动，如闪亮的阿米巴虫；
松树的轻声叹息吸走了我们的声音。

久远的朴素如忘川在我们帐篷周围
发出沉寂的飒飒声，想吹进来。
我们将于黎明醒来，头脑空白如水。

1960.7

128　提前离开

夫人，你的房间里花很多。
你撵走我时，我将记得这一点，
我，坐在这里，无聊如一头豹，
在你酒瓶状电灯的丛林里，
在血色布丁的丝绒枕头
与意大利进口的白色飞鱼瓷器之间。
我忘了你，我只听见新剪的花
从各式各样的盆子水罐
还有加冕杯中吮吸液体，
如星期一的醉汉。
如本地星座，乳白色浆果
弯腰向桌上的仰慕者：
一群眼珠暴民向上看。
你使它们与之相配的，是那些花瓣与叶子——

那些带绿纹的椭圆银色组织？
红色天竺葵，我猜。
朋友啊，朋友。它们有股腋臭味儿
和秋季的复杂病症，
散发麝香，如次日早上的爱床。
我的鼻孔被伤感刺痛。
红发巫婆：魔布中的魔布啊。
她们以脚趾搅动稠密如雾的陈水。

托比壶中的玫瑰
放弃了昨夜那个幽灵。是该放弃了。
它们的黄色束胸就快裂开。
你打着鼾，我听见花瓣打开
敲打，滴答，像紧张的手指。
你本该在它们死前扔掉它们。
清晨时分，发现五斗橱上
散落着中国人的手。此刻我
被赫罗弗尼斯①头颅大小的
菊花所凝视，它浸泡在与这矮沙发
一样的洋红色里。
在镜中，菊花备份自身影像。
听我说：你的租客老鼠
正将饼干袋子弄得呲呲响。精制面粉
裹住它们的鸟脚：它们快乐地吹口哨。
你继续打盹，鼻子对墙。
这蒙蒙雨正合我身，如一件伤感的夹克。
我们如何去你的阁楼？
你递给我花蕾状玻璃瓶装的杜松子酒。

---

① 赫罗弗尼斯(Holofernes)是亚述帝国军队首领，受尼布甲尼撒之命征服各国，在攻打伯图里亚(Bethulia)时，被一名犹太女子色诱后砍下首级。

我们沉睡如石头。夫人，我该如何处理
一个充满灰尘的肺，一条木头舌头，
当我的膝没入寒冷，被众花朵淹没？

1960.9.25

129　情　书

述说你带来的改变并不容易。
如果我此刻还活着，那么我曾
死得如一块石头，不受烦扰，
习惯于保持不动。
你不只是踩我一下，不是——
也不是让我独自将我渺小而赤裸的眼
再次望向天空，当然，不敢奢望
去理解蔚蓝，或者星辰。

不是这样。我曾沉睡，比如说：
像一条蛇，在冬季的白色间歇里
在黑岩石之中伪装成黑岩石——
像我的邻居们，不喜欢
千百万个完美雕琢的
面颊，时时刻刻降下来熔化
我玄武岩的脸。他们化作眼泪，
这些天使为单调的大自然哭泣，
却未使我信服。眼泪凝结。
每一颗死人头上戴着冰面罩。

我继续沉睡，如一根弯曲的手指。

我首先看到纯粹的空气，
接着锁紧的水珠在精灵般透明的
露水里升起。周围
石头密集，毫无表情。
我不知道这意味着什么。
我发光如云母鳞片，展开
将自己像流体一样倾泻在
鸟儿脚掌与植物根茎间。
我未受愚弄。我立刻认出了你。

树木和石头闪烁，没有阴影。
我整个手指透明如玻璃。
我像三月的嫩枝开始发芽：
一只手，一条腿，一只手，一条腿。
从岩石到云上，我如是攀升。
现在我仿佛某个神灵
于空中飘浮，我的灵魂转换，
纯洁如一片冰。这是天赐。

1960.10.16

130　东方三博士[①]

抽象观念盘旋，像迟钝的天使：
没有庸俗的鼻子或眼珠
从他们那缥缈空白的椭圆脸上凸起。

----

① 东方三博士：《圣经·新约》中凭着星象的指引，在平安夜找到并朝拜耶稣的三名先知。

他们的白色与洗好的衣服、雪花
白垩等等无关。他们乃
真实事物，不错：善者，真实者——

像烧开的水有益而纯净，
像乘法表一样无爱可言。
此时孩子对着稀薄的空气微笑。

降生才六个月，她已能
四肢趴地摇摆，像个带衬垫的吊床。
对她来说，她小床边的

罪恶的沉重观念还不如肚子痛严重，
爱是有奶的母亲，不是理论。
他们认错了星星，这些纸般的神人。

他们想要某个头部发光的柏拉图的婴儿床。
让他们以其美德令他惊骇吧。
哪个女孩曾在如此陪伴中活下来？

131 蜡 烛

它们是最后的浪漫主义者，这些蜡烛：
光的心倒立着，让蜡手指倾斜，
手指被自己的光晕吸收，
变得乳白，近乎透明，像圣徒的身体。
这令人感动，它们这般忽视

一系列显明的对象，仅仅为了

探索一只眼睛的深度
于它阴影的空谷，在它芦苇丛的边缘，
它的主人年过三十，算不得美人。
白天的日光更加审慎，

给每个人一次公平的聆讯。
它们早该熄灭，与热气球和立体感幻灯机一起。
这不是发表个人见解的时候。
我点燃它们时，我的鼻孔感到刺痛。
它们苍白的试探性的黄色

唤起虚假的爱德华时代的伤感，
我想起维也纳来的祖母。
还是学生时，她把玫瑰献给了弗朗茨·约瑟夫。
市民们流汗、痛哭。孩子们穿上白衣。
我的祖父在提洛尔无聊闲荡，

把自己想象成美国的服务生领班，
漂浮在高教会派①的肃静中，
穿行于冰桶与结霜的餐巾间。
这些光芒的小圆球像梨一样甜。
对残废和伤感女人亲切，

它们抚慰光秃的月亮。
它们有修女的灵魂，向着天堂燃烧，从不结婚。
我养育的孩子的眼睛几乎还未张开。
二十年内我将退化
如这些透风的蜉蝣。

———————
① 高教会派：英国国教中强调传统仪式、圣礼的一支。

我看着它们溅落的眼泪变混浊，钝化成珍珠。
对这出生后刚睡去的婴儿
我当何言以告？
今晚，温和的光芒如一件披肩盖着她，
阴影俯身，如洗礼仪式上的客人。

1960.10.17

132 一 生

摸摸它： 它不会像眼球一样畏缩。
这卵形的辖域，清澈如眼泪。
这是昨天，去年——
棕榈叶和百合花，清晰如挂毯
那巨大且不透风的丝线上的植物。

用你的指甲轻敲玻璃：
它会在微弱的空气扰动中砰然作响如中国乐钟，
虽然那里没有人抬头或应答。
居民们轻如木塞，
每个人都永远忙碌。

在他们脚边，海浪排成单行鞠躬，
从不急躁地闯入：
它们停留在半空，
扯紧缰绳，扬蹄如校阅场中的马匹。
头顶上，饰以流苏的云朵坐着，华贵

如维多利亚时代的衬垫。这一家子

情人节卡片式的脸也许能讨好收藏家：
他们的回声真实，如上等瓷器。

　　别处的风景更坦诚。
　　光芒不停地坠落，令人目眩。

　　一个女人正拖曳自己的影子
　　围着医院里光秃的茶碟绕圈。
　　它像月亮，或一张白纸
　　仿佛私底下遭遇过某种闪电战。
　　她安静地生活

　　了无牵挂，像瓶中的胎儿，
　　废弃的房子，大海，被压扁成照片，
　　太多的维度她无法进入。
　　悲痛与愤怒已被驱散，
　　此刻不再烦扰她。

　　未来是一只灰色海鸥
　　以猫的嗓音闲谈着离别，离别。
　　年龄与恐惧像护士一样看顾她，
　　一个溺水的人，抱怨这巨大的寒冷，
　　从大海中爬起。

1960.11.18

133　在冬天醒来

我能尝到天空的锡味——真正的锡。

冬日黎明是金属的颜色，
树木在原处僵硬，如烧焦的神经。
整夜我梦见破坏，毁灭——
一条割开喉咙的流水线，你和我
坐灰色雪佛兰缓缓离开，喝着
寂静草坪的绿毒汁，隔板似的小墓碑，
无声无息，驾驶橡胶轮胎去海滨度假地。

阳台如此回响！太阳这般照亮
头颅，没扣纽扣的骨头迎面而来！
空间！空间！床单和被套全部用光。
婴儿床脚熔化在恶劣的态度中，而护士们——
每个护士把她的灵魂缝补到一个伤口上，然后消失。
死人般的客人对房间，对笑容，
对漂亮的塑胶植物，对大海都不满意，
他们剥掉皮的感官镇静下来，如年老的吗啡大妈。

1961

"Man can embody Truth but he cannot know it." Lyric, symbolic dialogue between self + soul - oppositions + antinomies within human reality. "I have no speech but symbol" - yet ecstatic harmony in the midst of strife ("Vacillation", human consciousness seems completely fulfilled & at peace for "20 minutes more or less" - found by all sensitive questers - *To the Lighthouse*: man struggles to reach strong tower of light in flux of life and time; vision of Mrs. Ramsey; fulfillment at dinnerparty: "they floated in an element of joy" - "partook... of eternity... There *is* a coherence of things, a stability... peace, rest."

    Everything comes together in unity; sense that moment in time is enclosed in timeless eternity -

134 议会山郊外

新年在这秃山坡上打磨边缘。
苍穹继续专注自己的事，
没有面孔，苍白如瓷器。
你的缺失并不显眼；
没人知道我所欠缺的。

海鸥将河流的泥床编织回
长满草的山顶。向内陆去，它们争论，
落下又惊起如风中飞纸
或残疾者的手。苍白的
太阳努力从相连的池塘上

击打出这般锡光，让我的眼睛
退避，盈泪；城市像糖一样熔化。
一纵队穿蓝色校服的小女孩
纠缠一团，停下来，队形凌乱，
张开吞下我。我是一块石头，树枝，

一个孩子掉了粉色塑料发夹；
似乎没人注意。
她们尖锐沙哑的碎语从漏斗中漏光。

此刻一片死寂。
风像绷带阻止我呼吸。

往南，肯特镇上方，一块灰色污斑
裹住屋顶和树木。
或许那是一片雪地或云堤。
我觉得就算想起你也没有用了。
你玩偶似的掌控已经松开。

坟冢，就算在中午，也守护它的黑影：
你知道我不太稳定，
树叶的幽灵，鸟的幽灵。
我环绕着扭曲的树。我太高兴了。
这些忠诚的挂满黑枝的柏树

沉思，扎根于它们成堆的丧失。
你的哭喊消退如虫蚊的哭喊。
你消失于盲目的旅程，
当石楠闪烁，纺锤般的小溪
打散线轴并耗尽自己。我的思绪随之奔跑，

脚印形成水洼，摸索过卵石与根茎。
日子倒空它的意象
如一个杯子或房间。月牙儿变白，
薄得像缝合伤疤的皮。
此时，育婴室的墙上

蓝色夜间植物，淡蓝色小山
开始在你姐姐的生日照片上闪烁。
橙色绒球和埃及纸莎草
明亮起来。玻璃后面，每一丛

兔子耳朵般的蓝色灌木

呼吸出一片靛蓝色灵光，
像玻璃纸气球。
古老的残渣，古老的难题将我变成妻子。
海鸥在多风的弱光中守夜，寒冷而僵硬；
我走进点灯的房子。

1961.2.11

135　圣灵降临节

我指的不是这个：
灰泥拱门，晒太阳的成排岩石，
光秃的眼睛或石化的卵，
收殓在袜子与外套棺材里的成年人，
他们苍白如猪油，小口饮下
稀薄的空气如补药。

停下来的马从他的铬极上
望穿了我们；马蹄咀嚼微风。
你挺括的亚麻衬衫
鼓起如大三角帆。帽子边沿
使水的闪光倾斜；人们无所事事
仿佛在医院。

我能闻到咸味，不错。
在我们脚边，长着水草胡子的大海
展示它的灰绿色绸缎，

点头哈腰，像一个旧派的东方人。
我俩并不因此而兴奋。
一个警察指出一片空茫悬崖

它绿如台球桌，那儿的纹白蝶
像海鸥一样剥落飞入大海，
我们在一株山楂树的死亡臭气中野餐。
海浪如心脏般搏动、搏动。
我们被搁浅在泡沫之花下，躺着
晕船，发烧口干。

1961.2.14

136　动物园看门人的妻子

我可以整夜醒着，如果有必要——
冰冷如鳗鱼，没有眼睑。
黑暗如一湖死水裹住我，
蓝黑色，一枚惊人的李子。
没有气泡从我心脏冒出，我无肺
丑陋，我的肚皮是一只丝袜，
我姐妹的头和尾巴在里面腐烂。
看，她们在强大的汁液中溶化如硬币——

蜘蛛般的下颚，片刻间露出的脊椎骨
如一张蓝图上的白线。
我如果走动，我想这粉色与紫色的
肠子塑料袋会咔嗒响如小孩的拨浪鼓，
旧日冤屈互相推挤，这么多松动的牙齿。

但你对此有何知晓，
我的肥猪，我多髓的宝贝，你的脸对着墙？
这世上有的东西无法被消化。

你以狼头果蝠向我求爱，
它们挂在烤焦的钩子上，在潮湿闷浊的
小型哺乳动物室。
犰狳在他的沙箱里打盹。
猥琐、光秃如一头猪，白鼠
像针尖上的天使，出于纯粹的无聊
无限繁殖。我缠入被汗弄湿的被单
记起浸血的小鸡和被肢解的兔子。

你检查饮食表，带我去跟
研究员花园①里的大蟒蛇玩。
我假装我是知识之树。
我进入你的圣经，我登上你的方舟
同戴假发和蜡耳朵的神圣狒狒一起，
还有长着熊毛、吃鸟的蜘蛛
在它的玻璃盒上乱爬，像一只八个指头的手。
我无法使自己忘记

我们的求爱如何点燃了易燃的笼子——
你的两只角的犀牛张开嘴，
它脏得像靴底，对我的方糖来说
大得像医院盥洗盆：它的沼泽气味
裹住我的手一直到肘。
蜗牛抛来黑苹果般的飞吻。
现在，每晚我隔着铁栅鞭打大猩猩、

---

① 研究员花园（Fellows' Garden）：位于英国剑桥大学克莱尔学院内。

猫头鹰、熊、绵羊。我仍睡不着。

1961.2.14

137　脸部整容

你从诊所带来好消息，
你突然拿走丝巾，展示紧缠着
木乃伊的白布带，笑道：我还好。
我九岁时，一名脸色灰绿的麻醉师
带青蛙面具，喂我香蕉水。恶心的拱顶
挤满了噩梦和手术师天神般的声音。
然后母亲漂过来，手拿个锡盆。
啊，我真想吐。

他们不那么干了。我穿着消过毒的
病号直筒裙游走，如裸身的埃及艳后，
吃了镇静药我直吐沫并异常滑稽，
我滚入一间休息室，那里一个友善的男人
帮我握起拳头。他让我觉得一些珍贵的东西
正从我指间漏走。刚数到二
黑暗将我抹除如黑板上的粉笔字……
我失去了知觉。

我秘密地躺了五天。
像开了旋塞的桶，年月的水排入我的枕头。
连我最好的朋友也以为我在乡下。
皮肤没有根，像纸一样容易剥落。
我咧开嘴笑时针脚绷紧。我往回长，现年二十，

我抑郁，穿长裙，坐在第一任丈夫的沙发上，
我的手指埋入死卷毛狗的羊毛中；
我还没养过猫。

现在她完了，那赘肉女士，
我看着她渐渐在我的镜子里安家——
脸像旧袜子，在织补球上松弛。
他们已将她封存于某个化验室的罐子。
任她死在那儿，或在以后五十年内不断枯萎，
随她打瞌睡，摇晃，手摸稀疏的头发。
我是自己的母亲，我裹着纱布醒来，
粉红光滑如婴儿。

1961.2.15

138　晨　歌

爱使你走动如一只胖金表。
助产士拍打你脚掌，你赤裸的叫喊
在世间万物中占一席之地。

我们的声音呼应，放大你的到来。崭新的雕像。
透风的博物馆里，你的赤裸
令我们不安。我们茫然伫立四周如墙壁。

我并不比那云
更像你母亲，它蒸馏出一面镜子，映出风的手
将它自己慢慢抹去。

整夜你飞蛾的呼吸
摇曳于扁平的红玫瑰花丛。我醒来倾听：
远方大海在我耳中涌动。

一声哭，我就踉跄起床，笨重如母牛，
穿着维多利亚绣花睡袍。
你嘴张开，干净得像猫嘴。窗格子

泛白，吞没了暗淡的星辰。现在你试唱
你满手的音符；
清晰的元音像气球一样升起。

1961.2.19

139　不孕的女人

空荡，最轻的脚步都令我回响，
无雕像的博物馆，堂皇的柱子、门廊、圆形大厅。
我的庭院里，一口喷泉跃起又坠落，
如修女的心，无视这世界。大理石百合
呼出它们的苍白如香气。

我想象自己有一大批观众，
生了一个白色胜利女神和多个无眼睑的阿波罗。
死者却以其关注伤害我，什么也没发生。
月亮将手放在我额上，
无表情，沉默如一个护士。

1961.2.21

140　笨重的女人

无可辩驳，美丽而自满
如维纳斯，立在半个壳上
披着金发和海风的
盐纱幕，这些女人
安顿于她们钟状裙中。
每个沉重的肚子上方
飘着月亮或云一样平静的脸。

她们对自己笑，虔诚地
沉思，如长出二十片花瓣的
荷兰球茎。
黑暗仍在培育自己的秘密。
绿色山头，山楂树下，
她们倾听千禧年，
小小的崭新的心的敲击声。

粉红屁股的婴儿陪伴她们。
绕绕线团，无事可做，
她们成为典范。
黄昏给她们戴上玛利亚蓝头巾，
而远处，冬天的车轴
四处碾磨，重重地压在稻草，
星辰与银发的智者身上。

1961.2.26

141 上 石 膏

我永远也摆脱不了！现在有两个我：
这个纯白的新人，以及黄色的旧人，
白的这个自然更高等。
她不需要食物，她真是一位圣人。
开始我恨她，她没有个性——
她跟我一起躺在床上像具死尸，
我害怕，因为她的形体跟我一模一样，

惟独更白些，摔不破，毫无怨言。
一星期来我睡不着，她如此冰冷。
我把所有责任推到她身上，但她不回应。
我不理解她愚蠢的行为！
我打她，她不动，如真正的和平主义者。
后来我意识到她想要我爱她：
她开始变暖，我看清她的优势。

没有我，她就不会存在，所以她很感激。
我给了她灵魂，我从她体内开花
如玫瑰开在一个不算贵的瓷花瓶里，
是我吸引了每个人的注意，
并不是她的白皙与美貌，如我最初所料。
我对她小有施舍，她全舔干净——
你可以当即断言她有一副奴相。

我不介意她伺候我，她喜欢这个。
早上她很早叫醒我，她令人惊异的
白色胴体反射阳光，我情不自禁地注意到

她的洁净，她的镇定，她的耐心：
她像最好的护士迁就我的弱点，
抬着我的骨头就位，好让它们满意地康复。
不久，我俩关系紧张起来。

她停止与我密切配合，开始疏远。
我觉得她在不由自主地批评我，
仿佛我的习惯对她有所冒犯。
她让风吹进来，越来越心不在焉。
我皮肤发痒，剥落成柔软碎片
仅仅因为她对我照顾不周。
然后我知道问题所在：她以为她不朽。

她想离开我，她自以为高人一等，
我一直让她不见天日，她心生怨恨——
浪费她的时日伺候一具活尸！
她开始私下盼我死去。
那时她就可以盖上我的嘴巴和眼睛，完全盖住我，
戴上我化过妆的脸，如木乃伊棺材
戴上法老的脸，尽管它由泥和水做成。

我实在无法摆脱她。
她搀扶我这么久，把我扶成瘸子——
我都忘了怎么走路或坐下，
我于是小心地不去烦她
或提早夸口我将如何报复。
与她同住就像与自己的棺材同住：
然而我仍依靠她，尽管带着恨意。

我曾以为我俩能心想事成——
毕竟，这有点像结婚，如此亲密。

现在我知道我俩格格不入。
她也许是圣女，我也许又丑又多毛，
但她很快会发现那根本不重要。
我正积聚我的力量；将来缺了她我也能行，
她那时将因空虚而枯萎，然后开始想念我。

1961.3.18

142　郁　金　香

郁金香太容易激动，此处是冬季。
看，万物多洁白，多安静，陷入雪里。
我正学习淡定，安静地独自躺卧
像光线躺卧于这白墙、这床和这双手。
我乃无名之辈；爆炸与我无关。
我已把名字和白天穿的衣服交给护士
我的历史交给麻醉师，身体给了手术师。

他们在枕头与腕扣之间撑起我的头，像一只
在两片合不上的白眼皮之间的眼睛。
愚蠢的瞳孔，被迫将一切尽收眼底。
护士来来去去，她们不烦我，
她们经过，如戴白帽的海鸥经过内陆，
手里忙碌着，一个与另一个差不多，
所以无从知道她们有多少人。

对于她们，我的身体是一块卵石，她们照料它
如河水照料必流经的石头，温柔地抚慰它们。
她们用闪亮的针头让我麻木，让我入睡。

此刻我已失去自我，我厌倦了行李——
我的漆皮旅行箱像个黑色药盒，
我丈夫和孩子在全家照上微笑；
他们的笑容钩住我的皮，小小的含笑的钩子。

我已让一切流走，一艘三十岁的货船
固执地抓紧我的名字和地址。
他们已用棉签擦掉我关爱的一切。
惊恐而赤裸地躺在枕着塑料的绿色推车上，
我看见我的茶具，放亚麻衣服的柜子，我的书
沉没不见，水漫过头顶。
现在我是一位修女了，从未如此纯洁。

我不曾想要鲜花，我只想
手心朝上躺卧，成为纯粹的空无。
多自由啊，你不知道有多自由——
巨大的平静令你眩晕，
它一无所求，一个姓名标签，一些小玩意。
这是死者最终接近的事物；我想象他们
合上嘴时含着它，像含一小块圣餐。

首先，郁金香太红了，让我疼痛。
就算隔着礼品纸我都能听见它们
透过白色褓褓的轻轻的呼吸，如可怕的婴儿。
它们的红色对我的伤口说话，很般配。
它们很微妙：看似漂浮，却重压着我，
用它们猝不及防的舌头和颜色搅乱我，
我脖子上挂了一打红色铅锤。

以前没人观看我，现在我被观看。
郁金香转向我与我身后的窗户，

每日一次，光线慢慢宽阔然后变窄，
我看见自己，扁平，可笑，一个剪纸影子
在太阳的眼睛与郁金香的众眼睛之间，
我面目全无，我一直想抹除自己。
鲜艳的郁金香吞吃我的氧气。

它们到来之前，空气很宁静，
来来去去，一呼一吸毫无惊乱。
然后郁金香像一声巨响充满空气。
此刻受阻的空气围着它们打漩，像一条河
受阻回旋于一架沉没的铁锈红引擎。
它们让我集中注意力，这快乐的
玩耍与休憩，无需承担任何义务。

墙壁似乎也自行暖和起来。
郁金香是危险的动物，应关入栅栏；
它们绽开如某种非洲巨猫的嘴，
我意识到我的心脏：出于对我纯粹的爱
它打开又合上那碗红色的花。
我尝到的水温暖而有盐味，如海水，
它来自像健康一样遥远的国度。

1961.3.18

143　我垂直而立

但我宁愿平躺。
我不是一棵根扎入泥土的树，
汲取矿物质与母爱，

以便每年三月在新叶间闪烁，
我也不是花圃中的一朵美丽的花
赢得我的那份赞叹，嫣然入画，
却不知很快将花瓣落尽。
与我相比，一棵树乃是不朽，
一个花冠，虽不高，却更令人惊奇，
我想要前者的长久与后者的胆量。

今夜，在无限微茫的星光下，
树木与花朵播撒它们清凉的芳香。
我走在它们中间，它们却不知晓。
有时候我想，当我睡着时
肯定最像它们——
思绪模糊了。
对我来说，躺下更自然。
然后天空和我敞开对话，
我最终躺下时，我将变得有用：
树能触摸我一下，花也有空陪我。

1961.3.28

144　失　眠

夜空不过是一张复写纸，
蓝黑色，被星星的句号穿了许多孔
光透进来，一个窥孔接一个窥孔——
白骨般的光，如死亡，在万物背后。
在星星的眼睛与月亮的咧嘴下，
他忍受着沙漠枕头，失眠

四面延伸它精细的恼人的沙粒。

布满雪花点的老电影一遍遍地
暴露尴尬——儿童期和青春期
细雨朦胧的日子，因梦而黏稠，父母的脸
在高高的花梗上，时而严厉，时而泪流，
一园子多虫的玫瑰使他尖叫。
他额头凹凸如一袋石头。记忆相互推挤
争抢露脸，如过时的电影明星。

他对药丸免疫：红的，紫的，蓝的——
它们如何点亮那单调而漫长的夜！
那些糖衣星球的效力一度为他
赢得一个被无生命所施洗的生命，
以及善忘的婴儿那麻醉而甜美的醒来。
此刻这些药丸无用且荒唐，如古代众神。
它们罂粟般催眠的颜色对他毫无益处。

他的头是灰色镜子的小小内景。
每个姿势都立即逃逸入
一个逐渐缩小的透视的小巷，其意义
像水一样在远方尽头的洞口排出。
他生活在一个无盖子、无隐私的房间，
他眼睛的赤裸狭孔张开，僵硬，
因各种情境无休的电热闪烁。

整夜地，花岗石院子里那看不见的猫
像女人或损坏的乐器一样嚎叫。
他已经能感到日光，他的白化病，
带着她满帽子的琐碎与重复爬上来了。
城市是一张唧唧喳喳欢快的地图，

到处是人，空无之眼闪着云母的银光，
成队乘车上班，仿佛刚被洗过脑。

1961.5

145　寡　妇

寡妇。这个词消耗自身——
身体，一叠火上燃烧的报纸
在灼热的红色地貌上方的气流中
悬浮起麻木的一刻，
她独眼般的心将被扑灭。

寡妇。已死的音节，带着它回声的
阴影，裸露出墙里的镶板，
后面一条隐秘暗道——霉臭的空气，
发霉的记忆，螺旋形弹簧梯
在顶端敞向纯粹的虚无……

寡妇。怨恨的蜘蛛坐在
坐在她那无爱的轮辐的中心。
死亡是她穿的衣服，她的帽子和衣领。
她丈夫的蛾子脸，白如月亮，病态，
像一个她恨不得再次杀死的猎物

围她飞转，让他再度接近——
一个纸般意象放在她心口
就像她捧着他的信，直到信变暖
似乎也让她暖和，像活的肌肤。

但此刻，是她变成了纸，无人使她温暖。

寡妇：巨大的无人的地产！
上帝的声音充满了风，
仅仅允诺了坚硬的星辰
以及星际间永恒的空无，
没有肉身像箭一样歌唱着飞升天堂。

寡妇，同情的树俯身，
孤独之树，哀悼之树。
它们像阴影一样站立在绿色风景四周——
或像从那上面挖出的黑洞。
寡妇与它们类似，一个阴影之物，

双手交叠，之间空无一物。
这透明的空气中，一个无肉体的灵魂
可以视而不见地穿过另一个——
一个灵魂穿过另一个，弱如轻烟
对它经过的道路毫无知觉。

这便是她的恐惧——惧怕
他的灵魂会击打，一直击打她迟钝的感官
如蓝色玛利亚的天使，如鸽子对着窗格
除了死气灰暗的房间什么也看不见，
它盯看那房间，必须一直盯下去。

1961.5.16

208

146 多尔多涅的星空

星辰如石头密集地坠入
尖尖的繁茂的树丛，树林剪影
比天空的黑暗更黑，因为没有星光。
树林是一口井。星辰无声坠落。
它们看似巨大，却落下来，不见缝隙。
它们并不在坠落之处发射火焰
或任何危难与焦急的信号。
它们立刻被松树吞噬。

我在家时，只有稀疏的几颗星
经历一番艰难，于暮色中到达。
它们因太长的旅程而苍白，晦暗。
更小更怯懦的星永不到达，
远远地坐在自己的星尘中。
它们是孤儿，迷失了。我看不见它们。
但今晚它们毫不费力地发现了这条河，
它们被擦洗干净，自信如大行星。

我只熟悉北斗七星。
我想念猎户座和仙后座。也许它们
像一道小孩的简单数学题，
正羞涩地悬在布满星粒的地平线下。
无穷数似乎是个解答。
或者它们在场，但伪装得如此明亮，
我使劲地看，反而无视它们。
也许这不是合适的季节。

如果这儿的天空并没有不同，
是我的眼睛在磨尖自己，又会怎样？
这般华丽的星辰将使我尴尬。
我习惯的几颗星朴素而持久；
我想它们不喜欢这讲究的背景布
或过多拥簇，或南方的温和。
它们太像清教徒，太孤独——
每颗坠落时留出一片空间，

在原先闪亮的地方留下缺无。
此刻我躺在这儿，回归自己的黑暗之星，
我在脑海里看见那些星座
未被这桃园中甜美空气所温暖。
这儿太安逸了；这些星待我太好。
山岗上可见点灯的城堡，每个摇晃的铃
都报出它的奶牛。我闭上眼，饮下
一小片夜晚的寒冷，如家的消息。

147　对　手

如果月亮笑了，她会像你。
你同样留下美好事物的
印迹，却带着毁灭性。
你俩都是光的伟大借用者。
她的圆嘴哀悼这世界；你的无动于衷，

你的首要天赋是将一切变作石头。
我醒来面对一座陵墓；你在此处，
手指在大理石桌上敲打想找根烟抽，

心怀怨恨如一个女人，但没那么神经质，
急于说出无法回答的话。

月亮也贬损她的臣民，
她白天时却荒唐可笑。
然而，你的不满
以充满规律的爱意经邮件送达，
白色，空无，扩散如一氧化碳。

没有一天免受你的音讯，
你也许漫游非洲，却想念着我。

1961.7

148　呼啸山庄

地平线如柴捆环绕我，
倾斜杂乱，总是不稳定。
燃一根火柴，它们也许能温暖我，
它们精致的线条把空气
烧焦成橙色，
在被地平线固定的远景消失之前，
以一种更坚实的颜色
让苍白的天空凝重。
然而它们却在我前进时
一再消解，消解，如一系列诺言。

没有什么生命高过草尖
或绵羊的心脏，风

如命运般倾泻，将万物
朝一个方向压弯。
我能感到它企图
分走我的热量。
如果我过于注意
石楠的根，它们将邀请我
去它们中间把我的骨头变白。

羊群知道身处何处，
披着脏兮兮的羊毛云吃草，
灰白如天气。
它们瞳孔的黑色狭孔将我摄入。
就像被邮寄到太空，
一个薄薄的傻傻的消息。
它们在四周站立，祖母似的装扮，
全是假发卷毛，黄牙，
还有坚硬的大理石般的羊叫。

我来到车辙处，水
像从我手指间逃离的
孤独一样清澈。
空荡的门阶间青草相连；
过梁和窗台已脱落。
关于人，空气只记得
几个古怪的音节。
它呻吟着排练它们：
黑石头，黑石头。

天空倚着我，我，一切
水平之物中的直立者。
草叶漫不经心地击打自己脑袋。

如此陪伴下的生活
太过脆弱；
黑暗吓坏了它。
此刻，在狭窄而漆黑的
钱包般的山谷中，房屋灯火
闪烁如几分零钱。

1961.9

149　采黑莓

路上没人，什么也没有，没有，除了黑莓，
黑莓生长在两侧，然而右侧居多，
一条黑莓小径，参差而下，大海
在尽头的某处起伏。黑莓
大如我的拇指，呆钝如树篱中的
乌木眼，肥硕，
流着蓝红色汁液。它们把这些浪费在我指头上。
我从未要求结下这种歃血姐妹；它们一定很爱我。
它们压扁自己，为了装入我的奶瓶。

黑色红嘴鸦从头顶飞过，刺耳的一群——
烧焦的碎纸片飞旋在刮风的天空。
它们是唯一的声音，在抗议，抗议。
我想大海根本不会出现了。
高处，绿地闪耀，仿佛从内里被点燃。
我来到一丛熟透的黑莓前，竟是一丛飞蝇，
蓝绿肚皮和翅膀悬嵌于中国式屏风。
黑莓蜜宴令它们晕厥；它们相信天堂。

再拐个弯，黑莓与树丛终止。

现在前方只有海。
山谷间一阵骤风向我聚拢，
将它幻影般的衣服打在我脸上。
这些山岗过于翠绿和甜美，毫无咸腥。
我沿山间羊道前行。最后的弯道带我
至山的北面，一壁橙色岩石
面对空无，惟有白色和青灰色灯火的
巨大空间，喧嚣如银匠
一击击锤打一块难以加工的金属。

1961.9.23

150　菲尼斯特雷角

这是陆地尽头：最后的手指，风湿的关节，
夹紧空无。黑色悬崖
像个警告，海水无底地炸开，
另一边空无一物，
被一张张溺死者的脸漂白。
此刻它只是阴郁，这堆岩石——
古时混乱战争残留下来的士兵。
大海的炮声灌入它们耳朵，它们却一动不动。
其它岩石把自己的怨恨藏于水下。

悬崖边布满手工刺绣似的
三叶草、海星和钟状花冠，已濒临死亡，
小得连雾都不愿打扰它们。

雾是古老装备的一部分——
灵魂，于大海的末日噪音中翻滚。
它们将岩石侵蚀殆尽，又使它们复活。
它们毫无希望地升起如叹息。
我走在它们中间，它们把棉花塞入我嘴。
它们释放我时，我全身洒满泪珠。

船难女神①正跨步走向地平线，
她的大理石裙摆向后飘扬如粉红双翼。
一个大理石水手若有所思地跪在她脚边，
而在他脚边，一个黑衣农妇
祈祷，向那祈祷着的水手纪念碑。
船难女神三倍于真人大小，
她唇上有甜美的神性。
她并不倾听水手或农妇的祷告——
她爱上了大海的美丽和无形。

明信片摊位旁边，阵阵海风中
飘荡着海鸥色的丝带。
农民用海螺将它们固定。我们被告知：
"这些是被大海隐藏起来的漂亮小玩意，
做成项链和玩具女士的小贝壳。
它们不是从死人湾那边来的，
而是从另一处，蓝色的热带，
我们从未去过那里。
这是我们做的薄煎饼。趁热吃几个吧。"

1961.9.29

———————

① "船难女神"（Our Lady of the Shipwreck）：位于法国菲尼斯特雷角的一尊雕像，一位圣母般女子手里抱着孩子面对大海，一个水手跪在她面前。

215

151　凌晨两点的手术师

人造的白光，像天堂一样卫生。
细菌无法存活。
他们穿着透明罩衣正离去，转身
背对手术刀和乳胶手套。
烫洗的床单是一片雪地，冰封而宁静。
下面的躯体在我手里。
面目全无，跟往常一样。一团中国白
被戳出七个洞。灵魂是另一种光。
我没见过；它飞不起来。
今夜它隐没如一艘船的灯光。

我要应付的是一座花园——块茎和果实
分泌它们果酱般物质，
一席子根茎。我的助手用钩子拉开它们。
恶臭和色彩袭击我。
这是肺树。
这些兰花很绚烂，像花斑蛇一样蜷曲。
心脏是盛开的红色钟铃花，情况危急。
与这些器官相比，
我多小啊！
我在这紫色荒野里蠕行，乱劈。

血是一次落日。我赞叹它。
我双肘没入其中，鲜红，尖叫。
它还在往外渗，还未枯竭。
多神奇！我必须封住
这口温泉，让它充满

这灰白大理石下复杂的蓝色管道。
我真佩服罗马人——
高架渠，卡拉卡拉浴场，鹰钩鼻！
这躯体是件罗马遗物。
它嘴里含着石头的镇静片。

这是一座雕像，正被护理员用轮椅推走。
我已使它完美。
我留下一只胳膊或一条腿，
一副牙齿或结石
在瓶里嗒嗒响着带回家，
还有切成薄片的组织——病变的萨拉米香肠。
今夜，身体各部分葬入冰柜。
明天它们浮在酸醋里
如圣人之骨。
明天这病人将有一副洁净的粉色塑料假肢。

病房的一张床头，一小盏蓝灯
宣布一个新的生命。床是蓝色的。
今晚，因他之故，蓝是美丽的颜色。
吗啡的天使载着他。
他浮起来，离天花板一吋，
闻着拂晓的穿堂风。
我走在身披轻纱的石棺沉睡者中间。
红色夜灯是扁平的月亮。它们因血而黯淡。
我是太阳，穿着我的白外套，
因药物而灰暗的脸像花朵一样追随我。

1961.9.29

152 遗 言

我不要普通棺材，我要一具石棺，
带老虎斑纹，上面印一张
月亮般的圆脸，朝上望。
我想看着他们，当他们来到
喑哑的矿物质和树根中挖掘时。
我已看见他们——苍白的星际般遥远的脸。
此刻他们尚未存在，连婴儿都不是。
我想象他们无父无母，如早先的神灵。
他们想知道我是否重要。
我该给我的日子放点糖，像水果那样密封！
我的镜子乌云密布——
再哈几口气，它便什么也映不出。
花朵与面孔白如床单。

我不相信灵魂。它在梦里
像蒸汽逃走，通过嘴巴或眼洞。我无法阻止。
某一天它将不再回来。实物不像那样。
它们留下来，它们特别的光泽
因反复触摸而温暖。它们像在咕咕叫。
当我脚底变冷时，
我那绿松石的蓝眼睛将安慰我。
让我拥有我做饭的铜锅吧，让我的胭脂罐
在我四周如夜花一样绽开，气味芬芳。
他们将把我用绷带卷起来，把我的心
装入干净包裹，存放于我脚下。
我几乎认不出自己。那儿会很黑，

这些小东西的光亮比伊师塔①的面庞更美。

1961.10.21

153　月亮与紫杉

这是心灵的光芒，寒冷如行星。
心灵之树是黑的。光芒是蓝的。
草叶把悲痛卸在我脚下仿佛我是上帝，
它们刺痛我的脚踝，发出谦卑的细语。
精魂的烟雾充满此处，
与我的房子相隔一排墓石。
我不知还有何处可去。

月亮不是门。它足以充当一张脸，
白如指节，极度烦恼。
它拖曳大海，如拖着一桩黑暗罪行；它安静地
张大彻底绝望的圆嘴。我住在这儿。
星期天的钟声两次震惊了天空——
八只大舌头证实基督复活。
最后，它们严肃地敲响自己的姓名。

那紫杉指向天空。它有种哥特式形状。
目光随它上升，发现了月亮。
月亮是我母亲。她不像玛利亚那么甜美。
她的蓝衣袍释放出小蝙蝠和猫头鹰。
我多么渴望相信柔情——

---

① 伊师塔：巴比伦与亚述神话中的爱情、生育与战争女神。

那塑像的脸因烛光而柔和，
特地为我倾下温柔的眼光。

我已坠落了很久。云朵
在星辰面前开出神秘蓝花。
教堂里，圣徒都将是蓝色的，
以纤细的脚漂浮于冰冷的座位上空，
他们的手和脸僵硬，圣洁。
月亮对此一无所见。她光秃，狂野。
紫杉发出的消息是黑暗——黑暗与沉默。

1961.10.22

154　镜　子

我是银的，精确。我没有偏见。
无论看见什么我都立即
如实咽下，不被爱恨蒙蔽。
我并不残忍，惟独真实——
一尊小神的眼睛，四个角。
大部分时间，我默想对面的墙。
它是粉色的，有斑点。我看了这么久
我以为它已是我心的一部分。但它忽闪不定。
面孔与黑暗一次次地分隔我们。

此时我是一面湖。一个女人朝我俯身，
在我的区域内搜寻她真实的自己。
然后她转向那些撒谎者——蜡烛或月亮。
我见到她的背影，忠实地映出它。

220

她以眼泪与激动的双手回报我。
我对她很重要。她来了又去了。
每天清晨，是她的脸取代了黑暗。
她在我这里淹死一个少女，一个老妇从我体内
朝她跃起，日复一日，像一条可怕的鱼。

1961.10.23

155 临时保姆①

十年过去了，自从我们划船去孩儿岛。
那天中午，太阳的火焰垂直落在马布尔黑德镇的海面。
那个夏天，我们将眼睛藏入墨镜。
斯旺普斯科特两栋巨大的白色豪宅里，
我们总在各自房间里哭，两个老实吃亏的小姐妹。
当那位肌肤乳白、涂亚德利化妆品的英伦恋人出现时，
我就得和小孩一同睡到一张过短的小床上。
那七岁孩子绝不出门，除非他运动衫条纹
与袜子条纹搭配。

哎，真有钱！——十一间大房子，一艘游艇
自带深入海水的抛光红木踏板，
还有一个随船用人，他会给蛋糕饰以六色糖霜。
我那时还不会做饭，孩子们让我心烦。
每晚我都愤恨地写日记，手指上
因熨烫细小褶饰和花式袖口而留下红色三角烙痕。

---

① 1951 年夏，普拉斯与好友玛西亚·布朗（Macia Brown）一起在麻省的斯旺普斯科特（Swampscott）当住家保姆。

当爱运动的老婆与她的医生丈夫出海航游时，
"为了安全"，他们就留给我一个借来的女佣埃伦
以及一条小斑点犬。

在你那家，在主宅里，你境况比我好。
你拥有一个玫瑰园、一间待客小屋、一个标准药房
外加一个厨子、一个女佣，还能弄到威士忌酒柜的钥匙。
我记得"大人们"出去后，你穿上粉色
珠地布裙，在娱乐室的钢琴上弹"雅达"①，
女佣抽着烟，在绿灯罩下玩桌球。
厨子一只眼患白内障，精神紧张，睡不着觉。
她从爱尔兰来，在试用期，烤焦一炉又一炉曲奇饼
直到被解雇。

发生什么了，我的姐妹！
在我们苦苦等来的放假的那天，
我们从大人的冰箱偷走一根甜火腿，一个菠萝，
租了一条绿色旧船。我划桨。你盘腿
坐在船尾上，大声朗读《毒蛇的世代》②。
我们就这样颠簸向小岛。岛已荒废——
一系列嘎吱响的门廊，室内寂静
全然静止，像一个死了十年的人还在照片上
笑着那么恐怖。

勇猛的海鸥俯冲，仿佛它们拥有这一切。
我们捡起浮木棍赶走它们，
走下海边陡峭的礁岩，进入水中。

---

① 鲍勃·卡尔顿（Bob Carlton）1914 年的爵士乐名曲。
② 菲利普·怀利（Philip Wylie）1943 年的一本全面批判美国文化体制的书。

我们蹚水、聊天，稠密的盐水令我们漂浮。
我仍看见我们漂在那儿，形影不离——两个软木玩偶。
我们滑过了怎样的锁孔，哪一扇门关闭了？
青草影子缓慢移动，如钟的指针，
两块相望的大陆上，我们相互挥手，呼唤。
一切都已发生。

1961.10.29

December 30

Dear Ted's mother & dad,

...one more day of ... finished making
himself a remarkable ... years are
masquerade costume ... marvelous peek
of sealskin fur, black, ... century old
dresses of her gran... ...s in that were
Agatha left me because ... yesterday —
with his two poems ... ... back and
actually one line ido... ...ooks mouth
clamped over on to the ... ...mask quite
frightening — It has slit ... ...filled with yellow
... real realistic ... his mouth to show
so the ear spe... ...real fur It is in every
way like. I am we... an antique black dress &
... red cape for Red Riding Hood.
... Ted has written two very funny children's
... stories & we are ... ...back & dirt may like them.

The weather here is quite clean — only one real snowstorm so far
and that melted nices.

Ted is reading the novel by the Russian nobel prize winner,
Pasternak, & I am in the middle of an autobiography of the
French St. Theresa — all the photos of her in the book are terribly
nuched up to makes her look as if she had holy tears in her
eyes and a sprouting hair.

The present book by John Press arrived today & Ted is skipping away
into it already. Also the lovely flowered scarf & stringing soap
from Hilda & Vicky — do say thanks to them for it — and white, too.

We love every letter we get from you — we can just
imagine the Beacon & all the life & country surrounding it.

I made a big pot of fish chowder today which Ted
likes & eats bowls of — full of milk, onions, potatoes,
fish stock & fish, very wholesome & convenient to dip
out of the pot & warm up for the next few days.

Mother brought us a little bowl of three
Christmas narcissus bulbs & the first one started
to unfold its little white flowers today — dainty & star-
shaped on top of a long green willowy stem.

Ted seems to have written all the news in his
letter. I just had three poems accepted by The London Magazine
last week with a very nice letter from the editor — I
don't suppose they'll be out for several months, but
do keep a look out for it! Will let you know if we
find out when they're appearing.

Keep well & have a happy new year
with love, Sylvia

156 达特穆尔的新年

这就是新意：每个小而俗丽的
障碍物都罩在玻璃中，奇特，
以圣徒的假嗓子闪亮，叮当。惟有你
不知如何应对突然的湿滑，
这盲目、可怕、不可接近的白色斜坡。
你无法用熟悉的词攀登它。
无法借大象、轮子或鞋子来攀登。
我们只是来看看。你初来乍到
无法索取玻璃帽里的世界。

157 三个女人

——一首三声部的诗

场景：妇产科病房及附近

第一个声音：
我与世界一样慢。我很耐心，
太阳与星辰在我的时间中旋转，

关切地注视我。
月亮更为私密地关怀我:
她一再经过,如护士般发着光。
她为即将发生之事抱歉? 不会的。
她不过为生育力感到惊讶。

我的出走成了件大事。
我无须思考,也无须排演。
我体内发生了什么,无人在意。
野鸡站在山头;
打理他的褐色羽毛。
我对所知晓的忍不住发笑。
树叶与花瓣陪伴我。我已准备好。

第二个声音:
我最初看见它,小小的红色渗出,我不相信。
我看着男人们在办公室里围着我转。他们多扁平!
他们有点像纸板,现在我明白了
那扁平的,扁平的扁平滋生出观点,毁灭,
推土机,绞刑架,尖叫的白房间,
它们无尽地进行——还有冷冰的天使,抽象观念。
我穿着长袜与高跟鞋坐在桌旁,

我的上司笑道:"什么东西吓到你了?
你突然脸色苍白。"我沉默。
我从秃树上看见了死亡,一种剥夺。
我简直不敢相信。灵魂孕育出
一张脸,一张嘴竟如此困难?
文字源于这黑色键盘,这黑色键盘
从我遵从字母顺序的手指出发,命令配件,

配件，零件，齿轮，闪亮的并联。
我正坐着死去。我失去一个维度。
火车在我耳边咆哮，离开，离开！
时间的银轨在距离中消失，
白色天空如一只杯子，倒空它的承诺。
这些是我的脚，这些机械的回声。
轻敲，轻敲，轻敲，钢钉。我有所欠缺。

我把这病带回家，这是一次死亡。
再说一次，这乃是死亡。我吮吸的
是空气？毁灭的粒子？我是那
衰弱又衰弱的脉搏，直面冰冷的天使？
这是我的爱人？这死亡，这死亡？
我小时候喜欢被青苔咬过的名字。
这古老的对死亡的热恋，这是罪？

第三个声音：
我记得我内心确定的那一刻。
柳枝寒冷，
池中那张脸很美，不是我的——
它会召来后果，与别的事情一样，
我看到的只是危险： 鸽子与词语，
星辰与金色阵雨——受孕，受孕！
我记得一只冰冷白翅

还有那庞大的天鹅，面目可怖，
从河面向我袭来如一座城堡。
天鹅群中有一条蛇。
他悄然滑过；他眼里有一种黑色意味。
我看见里面的世界——渺小，卑鄙，漆黑，
每个小小的词相互钩连，行为钩连行为。

蓝色而炽热的一天发芽成某物。

我还没准备好。身旁涌起的白云
朝四个方向拉扯我。
我没准备好。
我还没有敬畏。
我以为我可以不承认后果——
但为时已晚。晚矣，脸庞仍旧
以爱来塑造自己，仿佛我准备好了。

第二个声音：
此刻雪落满世界。我不在家。
这些床单多么白。这些脸没有相貌。
赤白，难以想象，像我的孩子的脸，
这些有病的孩子逃开我的怀抱。
其他孩子不碰我： 他们很可怕。
他们有太多种肤色，太多的活力。他们不安静，
不安静，如我携带的少许空虚。

我曾有机会。我一再努力。
我把生命像一件稀有器官一样缝入体内，
像稀罕之物一样小心翼翼地走路。
我努力不去想太多。我努力放松。
我努力像其他女人一样盲目地爱，
与我盲目而甜蜜的爱人一起盲目地上床，
不在浓密的黑暗中去寻找那另一张脸。

我没有寻找。但脸仍在那儿，
未出生者的脸，迷恋自身的完美，
死者的脸，只在自身安逸平静中
才完美并保持神圣。

还有其他的脸。国家之脸，
政府之脸，议会之脸，社交之脸，
大人物千人一面的脸。

我留心这些人：
他们嫉妒一切非扁平的事物！他们乃嫉妒的众神
因为自身的扁平而压平整个世界。
我看见天父与圣子交谈。
如此扁平可称神圣。
"让我们造一个天堂吧，"他俩说。
"让我们压平这些灵魂，清洗他们的粗劣。"

第一个声音：
我很平静。我很平静。可怕之事来临前的平静：
风行走之前的昏黄时分，树叶
举起它们的手，它们的苍白。这儿好安静。
这些床单、脸都是白色的，像钟一样停了。
音声后退，变平。它们可见的象形文字
被压平成挡风的羊皮纸屏风。
它们以阿拉伯语与汉字画出秘密！

我沉默，呈棕色。我是即将破裂的种子。
棕色是死去的自我，它忧郁：
它不想播撒或有所改变。
黄昏给我戴上蓝色头巾如一个圣母。
哦，这距离与遗忘的颜色！——
时间将在哪一秒钟破裂
被永恒吞噬，而我将彻底沉没？

我只对自己说话，被置于一旁的自己——
被消毒剂洗成死灰色，准备献祭。

等待沉重地压住我眼皮。它躺卧如睡眠，
如巨大的海。远处，远处，我感到第一个波浪
拖曳它痛苦的货物向我打来，浪潮般，无法逃脱。
我，一只贝壳，在这白海滩上回响
面对淹没一切的声音，可怕的元素。

第三个声音：
此刻我是一座山，在山一样的女人中间。
医生在我们中走动，仿佛被我们的高大
吓坏了脑子。他们像傻子一样笑。
我现在这样子，他们应负责，他们知道。
他们拥抱自身的扁平如拥抱健康。
他们如果像我一样猛然觉醒，会怎样？
他们会发疯。

如果我的大腿间渗出两个生命，又怎样？
我见过干净的白色房间，里面工具齐全。
这是尖叫的场所，并不愉悦。
"这是你准备好后应来的地方。"
夜灯是扁平的红月亮。它们迟钝如血。
对即将发生的事，我还没准备好。
我早该谋杀那谋杀我的。

第一个声音：
没有比这更残酷的奇迹了。
我被群马拖着，被铁蹄子。
我承受。我承受住了。我完成一件作品。
黑暗的隧道，从中抛来探视，
探视，声明，惊讶的脸。
我是一次暴刑的中心。
我养育的，是怎样的痛苦与忧伤？

如此天真能一再地杀人？它榨取我的生命。
街上树木枯萎。雨水腐蚀万物。
我用舌头尝它，可执行的恐怖，
无事可做的站立的恐怖，遭冷落的教母，
她们的心滴答，滴答，带一包包工具。
我将成为一堵墙，一个房顶，守护着。
我将成为善良的天空，山岗：让我成为吧！

一种力量在我身上生长，古老的执拗。
我像世界一样崩裂。有一种黑暗，
黑暗的羔羊。我把手折叠放在一座山上。
空气浓密。因这任务而浓密。
我被使用。我被反复使用。
我的眼睛被这黑色挤压。
我什么也看不见。

第二个声音：
我被控告。我梦见大屠杀。
我是一座布满黑色与红色痛苦的花园。我喝下它们，
恨自己，又恨又怕。此刻世界孕育着
自身的终结并朝它奔去，在爱中伸出手。
这对死亡的爱让万物恶心。
一轮死太阳弄污了新闻纸。它是红的。
我失去一个个生命。黑暗大地喝光它们。

她是我们所有人的吸血鬼。她养活我们，
喂肥我们，她很仁慈。她的嘴是红的。
我认识她，亲密地认识——
冬天般的老脸，不育的老女人，年老的定时炸弹。
男人下贱地使用她。她将吃掉他们。
吃他们，吃他们，最终吃光他们。

太阳落下去。我死了。我造就一个死亡。

第一个声音：
他是谁？这蓝色的狂怒的男孩，
陌生而闪亮，仿佛从另一颗星球飞来。
他愤怒地四顾！
他飞进房间，脚跟旁一声尖叫。
蓝色暗淡下去。他不过是个人。
一朵红莲花在它的血碗中盛开；
他们用丝线缝住我，仿佛我是块布料。

我的手指在抱住他之前做了什么？
我的心以它的爱意做了什么？
我从未见过这般清朗之人。
他的眼睑像丁香花
他的呼吸柔软如飞蛾。
我不会放手。
他身上没有诡计与扭曲。愿他一直如此。

第二个声音：
月亮在高高的窗口。结束了。
冬天如何充满我灵魂！白垩光线
在窗上蜕它的鳞，空办公室的窗户，
空教室，空教堂。啊，太多的空旷！
这儿有一种停息。万物的可怕的停息。
这些身体此刻堆积在我四周，这些极地的沉睡者——
何种月亮般蓝光冻结他们的梦？

我感到它进入我，寒冷陌异，如一件工具。
它末端那疯狂而冷酷的脸，那圆张的嘴
敞开它无尽的悲痛。

是她，四处拖曳血一样黑的大海
月复一月，述说它的失败。
我像她绳子末端的大海一样无助。
我烦躁。烦躁而无用。我，也创造出尸体。

我将去北方。我将走入长长的黑色。
我把自己当成一个影子，非男非女，
既非想当男人的女人，也非
迟钝平庸到感觉不到欠缺的男人。我感到欠缺。
我举起我的手指，十根白桩。
看，黑暗正从缝隙渗出。
我容不下它。我容不下我的生活。

我将成为边缘事物的女主角。
我将不会被孤零零的扣子、
袜跟上的破洞、未复之信那白色而沉默的脸
所控告，那些信件收殓在信盒里。
我不会被控告，我不会被控告。
时钟不会发现我的欠缺，这些星星也不会，
它们铆好一个个深渊。

第三个声音：
我在睡眠中看见她，我可怕的红发女孩。
她的哭声穿过我俩间的玻璃。
她在哭，她发怒。
她的哭声是钩子，像猫一样抓捕，刮擦，
因为这些钩子，她引起我注意。
她对着黑暗哭，或者对着
在远方闪烁并旋转的星星。

我猜她的小脑袋是木头雕的，

一块硬红木，眼紧闭，嘴大张。
从张大的嘴里传来尖叫
如箭划伤我的睡眠，
划伤我的睡眠，进入我的肋肉。
我的女儿没有牙齿。她的嘴大张。
它发出黑暗的声音，不是好兆头。

第一个声音：
是什么朝我们抛掷这些天真的灵魂？
看，他们很累，全部筋疲力尽
躺在帆布小床上，腕上系着名字，
他们远道而来，就得了这小小银奖。
有的一头浓密黑发，有的光秃。
他们的皮肤呈粉色，浅黄，棕色或红色；
他们开始记起彼此的差别。

我以为他们是水做的；个个面无表情。
他们的面目在沉睡，像平静水面上的光芒。
他们穿着相同的衣服，是真正的修士与修女。
我看见他们落入世界如群星阵雨——
落入印度，非洲，美洲，奇迹般的孩子，
这些纯净的小人形。他们身上有奶味。
脚底完好无损，他们是天空行走者。

虚无何以如此慷慨？
这是我的儿子。
他的大眼睛是普通的浅蓝色。
他正转向我，如一小株目盲而明亮的植物。
一声哭喊。这是悬挂我的钩子。
我是一条奶河。
我是一座温暖的山。

第二个声音：
我并不丑。我甚至很美。
镜子返还一个体形完好的女人。
护士返还我的衣服和一个身份。
他们说这样的事经常发生。
在我与别人的生活中，这事很平常。
大约五个人中有一个。我还有希望。
我像统计数字一样美。这是我的口红。

我在以前的唇上涂抹。
一天，两天，三天前，与我的身份
放在一起的红嘴巴。那是个周五。
我甚至不用休假；我今天能上班。
我能爱我丈夫，他会理解。
他会爱我而不顾我毁形的污点
仿佛我掉了一只眼，一条腿，一个舌头。

我这般站立，视力有些模糊。我这般
坐轮椅而非用腿走，效果一样。
学习用指头说话，而不是舌头。
身体足智多谋。
海星的身体能长回它的肢体。
蝾螈不缺腿。但愿我能大量拥有
我所缺乏的事物。

第三个声音：
她是座小岛，安静地睡着，
我是一只拉汽笛的白色的船：再见，再见。
白昼在燃烧。这是哀伤的一日。
这房里的花是红色热带花。
它们一生都在玻璃后面，受到温柔照料。

此刻，它们面对冬天的白床单，白脸庞。
我的提箱里没什么东西。

有一些胖女人的衣服，我并不认识她。
有我的梳子，刷子。有一种空虚。
突然间我如此脆弱。
我是走出医院的一个伤口。
我是他们正放弃的一个伤口。
我把健康留在身后。我离开
纠缠我的人：我解开她手指，如解开绷带：我走了。

第二个声音：
我再次成为自己。没有后顾之忧。
我被放血，白如蜡，我毫无依恋。
我是扁平的，如处女，这意味着什么也没发生，
没有什么不能被抹去，撕毁，废弃，重新开始。
这些细小的黑枝条不会想到发芽，
这些干燥的，干燥的阴沟也不会梦到下雨。
那在窗口遇见我的女人——她很干净。

她干净得透明，如一个精灵。
她多么害羞地把干净的自己放到
非洲橙的地狱与蹄子倒挂的猪猡上面。
她正在顺从现实。
是我。是我——
在品尝我齿间的苦涩。
每日无法计量的恶意。

第一个声音：
我能做多久一堵挡风的墙？
我以手之阴翳来缓和太阳

238

拦截冷月的蓝色闪电
能有多久？
孤独的声音，忧伤的声音
无可闪躲地拍打我的脊背。
这小小摇篮曲如何令它们温和？

我能做多久环绕我绿房子的墙？
我的手成为他伤口的绷带，我的话语
成为空中明亮的鸟儿，
去安慰，安慰，能持续多久？
这般坦承是一件
可怕的事：仿佛我的心
戴上一张脸走入这世界。

第三个声音：
今天，大学被春天灌醉。
我的黑色长裙有点像葬礼：
它表明我的严肃。
我携带的书楔入我的肋肉。
我曾有一个古老的伤口，但它正在愈合。
我曾有一个关于岛屿的梦，因哭泣而变红。
一个梦而已，毫无意义。

第一个声音：
清晨在房子外的大榆树上开满了花。
燕子归来，尖叫，如纸火箭。
我听见时间的声音
变宽阔，在篱笆间消失。我听见母牛哞叫。
颜色再度充溢，湿湿的
茅草屋在太阳下冒烟。
果园里，水仙花绽放白色的脸。

239

我放心了。放心了。
这是育婴室洁净明亮的颜色，
会说话的鸭，快乐的小羊。
我又变单纯了。我相信奇迹。
我不相信那些恐怖的孩子
他们用白眼和无指头的手伤害我的睡眠。
他们不是我的。他们不属于我。

我将沉思常态。
我将冥想我的小儿子。
他不会走路。他不说话。
他还裹着白布襁褓。
但他是粉红的，完美的。他常笑。
我把大朵玫瑰贴在他房间的墙上，
我在所有东西上画了小小的心。

我不希望他出众。
正是出众吸引着魔鬼。
正是出众的人在攀登悲痛之山
或坐在沙漠中，让她母亲伤心。
我希望他做普通人，
像我爱他一样爱我，
跟谁结婚，在何处结婚，皆随他意。

第三个声音：
草地上炎热的正午。毛茛
出汗，融化，情人们
经过，经过。
他们像影子一样漆黑而扁平。
没有依恋简直太美妙了！
我孤独如草叶。我错失了什么？

不管错失什么，我能找到它吗？

天鹅飞走了。河流仍旧
记得它们的洁白。
它用自己的光芒追寻它们，
在一朵云上找到它们的形象。
那是什么鸟
叫声如此悲戚？
它说，我青春依旧。我错失了什么？

第二个声音：
灯光令我感觉舒适。傍晚变长。
我在补一根丝带：我丈夫在看书。
这些事在灯光下很美。
春天的空气中有一层氤氲，
这氤氲以粉色环绕
公园与那些小雕像，仿佛一种温柔苏醒了，
一种不曾疲倦的治愈的温柔。

我等待，疼痛。我想我正在愈合。
还有很多其他的事可做。我的双手
可以给这块料子缝上整齐的花边。我丈夫
可以不断地翻书页。
几个小时后，我们又一同在家。
惟有时间压在我们手上。
惟有时间，它没有实体。

大街也许突然变成白纸，但我
从漫长坠落中恢复，发现自己在床上，
安全落回床垫，双手交抱，成功着地。
我再次找回自己。我不是影子

尽管我脚下有个影子在生长。我是一个妻子。
城市在等待，疼痛。小草
从石缝中迸出，充满绿色的生机。

1962.3

158 小 赋 格

紫杉的黑指头摆动；
冷云掠过。
聋子与哑巴如此
向瞎子示意，被忽视。

我喜欢黑色陈述。
那朵云此刻的无特征！
通体发白如一只眼！
船上我桌旁的

盲钢琴师的眼睛。
他摸他的食物。
他手指如鼬鼠鼻子。
我忍不住一直看。

他能听见贝多芬：
黑紫杉，白云，
可怕的复杂组合。
手指的陷阱——琴键纷乱。

盲人的笑容

愚蠢空虚如盘子。
我羡慕那巨大噪音，
《大赋格》的紫杉篱。

聋是另一回事。
一个黑暗的漏斗，父亲！
我看见你的噪音
呈黑色，多叶，如我童年时，

一排紫杉的命令，
哥特式，野蛮，纯粹德国式。
死人在那儿哭。
我对一切并无罪责。

那么，紫杉是我的基督。
它不一样被折磨？
而你，第一次世界大战时
却在加州熟食店

切着香肠！
它们给我的睡眠染色，
红色，杂色，如切断的脖子。
一片沉默！

另一种秩序的巨大的沉默。
我七岁，无知于世。
世界发生了。
你只有一条腿，一个普鲁士脑子。

此刻相似的云
正铺开它们层层的空白。

你无话可说？
我的记忆是个瘸子。

我记得一只蓝眼睛，
一公文包的橘子。
看来这是一个男人！
死亡张开，像一棵黑树，阴沉地。

我从那段时间中幸存，
安排我的早晨。
这是我的手指，这是我的婴孩。
云是一件苍白的婚纱。

1962.4.2

159　模　样

冰箱的笑容毁灭我。
我爱人血管里有这般蓝色血流！
我听见她强大的心在咕噜响。

连接符与百分比
从她嘴唇间如吻冒出。
她脑子里是星期一：　道德

洗涤并呈上自己。
我怎样理解这些矛盾？
我戴着白护腕，弯腰。

这就是爱？这从炫目纷飞的
钢针里流出来的红色物质？
它将缝制小裙子、小外套，

它将遮蔽一个朝代。
她的身体打开又合上——
一块瑞士表，铰链镶着珠宝！

心啊，这般混乱！
星辰像可怕的数字一样闪烁。
ABC，她的眼皮说。

1962.4.4

160 渡 湖

黑湖，黑船，两个黑色剪纸人。
在此汲水的黑树去了哪里？
它们的影子一定能遮蔽加拿大。

微光从水的花朵间透出。
它们的叶子不想使我们着急：
它们圆而扁，充满幽暗的劝告。

寒冷世界在船桨上摇晃。
黑的精灵在我们体内，在鱼体内。
水下沉木举起告别的苍白的手；

百合花间星辰绽放。

245

你没有被这些无表情的水妖弄瞎眼睛？
这是灵魂震惊后的沉默。

1962.4.4

161　水仙丛中

敏捷，歪斜，灰白如三月的树枝，
珀西穿着蓝色水手外套，在水仙丛中弯腰。
他正从肺部疾病中恢复。

水仙花也向某个庞然大物弯腰：
它在青山上搅乱它们的星状花瓣，珀西
在此调养他的缝线之苦，来回散步。

这场景有一种尊严感；一种形式感——
花朵生动如绷带，这男人在愈合。
它们弯腰，站立：它们忍受这般攻击！

这八十岁的人喜欢这一小簇花儿。
他脸色发青；可怕的风使他喘不过气。
水仙花如孩子般仰望，匆忙而苍白。

1962.4.5

162 野 鸡

你说你会在今天上午杀它。
不要杀。它仍令我惊讶，
古怪的深色的头部突起，

踱过榆树山头未剪的草坪。
拥有只野鸡也挺不错，
或只是被它造访。

我不是神秘主义者：它不像
我认为的那样拥有灵魂。
它仅存在于构成它的元素中。

那赋予它威严，一种权利。
去年冬天，它在我们院子的雪上
留下大脚印和尾巴的痕迹——

一片白茫之中，神奇地
穿越麻雀与八哥的交叉影线。
因为它稀罕？它确实稀罕。

还是值得拥有十几只，
一百只，在那山头——绿的红的，
来回穿梭：漂亮的家伙！

它的身材多好，多活泼。
一只小小的丰饶角。
它松开双翼，褐色如叶，嘹亮，

安然栖息在榆树上。
在水仙丛中晒太阳。
我糊涂地闯入。随它去，随它去。

163　榆　树

——致露丝·芬莱特

我知晓那底部，她说。我以我巨大主根知晓它：
这正是你害怕的。
我不怕它：我去过那里。

你在我体内听到的是大海？
它的不满？
或空无的声音——你的疯狂？

爱是一个阴影。
你如何说谎并为它哭泣。
听：这是它的马蹄声：它已跑掉，像匹马。

我将如此狂暴地飞奔一整夜，
直到你的头变成石块，枕头变成一小块草皮，
回响，回响。

我也许该为你带来毒药的声音？
此刻是雨声，这无垠的寂静。
而这是它的果实：锡白，如砒霜。

我经受过落日的暴行。
我红色的灯丝
烧焦至根部，直立着，一只金属丝的手。

现在我裂成碎片如棍棒乱飞。
如此暴戾的风
不会放过旁观者：我只能尖叫。

月亮也残忍：不育的她
将残酷地拖曳我。
她的光辉灼伤我。抑或是我抓住了她。

我让她走。我让她走，
她缩小，扁平，像做了彻底的手术。
你的噩梦如何占据并赋予我。

我被一声哭喊附身。
每夜它扑动而出，
带着钩爪，寻找可以爱的东西。

我被睡在我体内的
黑东西惊吓；我整天感到
它柔软的羽毛似的转动，它的恶毒。

云掠过并散开。
那是爱人的脸吗？那苍白、无可挽回之物。
我为此而心绪不安？

我无力承受更多知识。
这是什么，这张
卡在树枝中布满杀机的脸？——

249

它蛇般的酸液在亲吻。
它令意志石化。这些孤立而缓慢的过失
毁灭，毁灭，毁灭。

1962.4.19

164　捕　兔　器

它是力的场所——
风以我飘乱的头发封堵我的嘴，
撕掉我的声音，大海
用它的光弄瞎我，死者的生命
在海上铺开，如油扩散。

我尝过荆豆的恶意，
它的黑穗，
它黄色蜡烛花的临终圣油。
它们有一种效率，一种巨大的美，
奢侈，像折磨。

只有一个地方可去。
小径加了香料，细火慢煨
变窄伸入窟窿。
诱捕器几乎隐去面目——
接近，对准虚无，

闭合，如分娩阵痛。
尖叫的缺失
在大热天制造一个洞，一个空缺。

玻璃般的光是一堵透明的墙，
灌木丛安静。

我感觉一阵安静的忙碌，一种意图。
我感觉双手贴着茶杯，枯燥，迟钝，
环握白色瓷器。
它们这般守候他，那些小小的死亡！
它们像情人一样等待。它们令他兴奋。

我们之间也有种关系——
我们之间有绷紧的线，
太深而无法拔出的木钉，一个意志如圆环
滑动，套住某个快速的东西，
这收缩也杀死了我。

1962.5.21

165 事 件

元素这般凝固！——
月光，白垩崖
我们躺在它缝隙里

背靠背。我听见猫头鹰啼叫
发自它寒冷的靛蓝。
难受的元音进入我的心。

白色小床上孩子辗转叹息，
此刻张开嘴，呼求。

他的小脸以痛苦的红木雕成。

还有星星——难以根除，坚硬。
碰一下：它发烧，患病。
我看不见你眼睛。

在苹果花冰封了夜晚的地方，
我兜着圈子，
往日的过失是一条痛苦的深沟。

爱来不了这里。
黑色裂口自动张开。
和它相对的那片唇上，

一个白色小灵魂在摇晃，白色小蛆虫。
我的四肢也离我而去。
谁肢解了我们？

黑暗正融化。我们如癞子般摸索。

1962.5.21

166　忧　惧

这儿有堵白墙，天空在它上方创造自身——
无限，碧绿，完全无法触及。
天使遨游其中，星星也如此，无动于衷。
它们是我的灵媒。
太阳在这墙上融化，流出光的血。

此刻，一堵灰墙，被抓烂出血痕。
没有路可以跳出这头脑？
我身后的阶梯螺旋深入一口井。
这世界里既没有树也没有鸟，
只有一股酸气。

这红墙不停地退缩：
一个红拳头，张开又紧握，
两个灰色纸袋——
这便构成了我，这，以及从十字架
和如雨的圣殇画下被轮车推走的恐惧。

一堵黑墙上，无法辨识的鸟
旋转着头，啼叫。
它们不会谈论永生！
冷的空白接近我们：
它们匆忙移动。

1962.5.28

167　伯克海滨

（一）
这便是大海，这巨大的停顿。
太阳的膏药这般引发我的炎症。

冻果子露有触电的颜色，被苍白的
女孩们从冰柜中舀出，在烧伤的手中穿行。

253

为何如此安静？她们在隐藏什么？
我有两条腿，我笑着走动。

一个沙地减震器消除了振动；
它绵延数英里，缩水后的声音

起伏，没有拐杖，只有原先一半。
眼睛的线条被这些光秃表面烫伤，

如系住的橡皮圈飞回来伤及主人。
难怪他戴上墨镜？

难怪他爱穿一身黑袍？
现在他从捕鲐鱼的人中走来，

他们用背部形成墙挡住他。
他们正处理身体部位般的黑绿色菱形物。

大海将这一切化作晶体，
如许多条蛇爬开去，拖着长长的痛苦的嘶嘶声。

（二）
这只黑靴对谁也不仁慈。
没必要，它是一只死人脚的灵车，

而这没有脚趾的死去的脚，属于那位牧师，
他用铅锤测他那本书的井深，

弯曲的印字在他面前凸出如风景。
淫荡的比基尼藏在沙丘后，

254

乳房和臀部是糖果店里
小小的晶体糖，撩逗光线，

而一潭绿水睁开它的眼睛，
因它吞下的东西而恶心——

肢体，形象，尖叫。在水泥掩体后
两个恋人松开对方。

哦，白色的大海陶器
盛装怎样的叹息，喉咙中有怎样的盐……

窥探者全身颤动
像一块长布料被拖着穿过

一种静止的剧毒，
一株杂草，毛茸茸像阴部。

（三）
旅馆阳台上，有东西在闪烁。
东西，东西——

钢管轮椅，铝拐杖。
如此咸甜味。我为何要

走出布满藤壶的防波堤？
我不是照料人的白衣天使，

我不是笑容。
那些孩子追逐着什么，以钩子和呼喊，

255

我的心太小，包扎不了他们的可怕过失。
这是一个人的肋肉：鲜红肋骨，

神经像树一样迸发，这是外科医生：
一只镜子般的眼睛——

知识的一个侧面。
某房间里的条纹褥垫上，

一个老人正在消失。
他的妻子哭着，于事无补。

珍贵的黄色的眼石在哪里，
还有那只舌头，灰烬的蓝宝石。

（四）
白纸褶边里，一张婚礼蛋糕的脸。
此刻他多优越啊。

就像一个圣人附体。
护士戴上翼帽，不再那么美丽；

她们正变成褐色，如被碰过的栀子花。
床单从墙边卷起。

这便是所谓的完成。可怕。
他穿的是睡衣还是晚礼服？

他布满粉尘的喙从粘牢的
裹尸布上凸起，煞白，突兀。

他们用一本书支撑他下巴直到它僵硬，
然后叠起他的手，手还握着：别了，别了。

现在，洗过的床单在阳光下飘荡，
枕套有了香味。

这是一种福分，一种福分：
皂色的橡木长棺，

好奇的抬棺人，生疏的日期
以银色铭刻自己，带着非凡的平静。

（五）
灰白天空低垂，山岗如碧绿的海
层叠着奔向远处，掩藏它们的山谷，

山谷中摇荡着妻子的思绪——
呆滞而实用的船

塞满衣服，帽子，瓷器和已婚的女儿。
石头房子的客厅里

一幅窗帘在敞开的窗后摇曳，
一支可怜的蜡烛摇曳着流注。

这便是死者的舌头：记住，要记住。
他此刻已远去，他的作为

萦绕不去，如卧室家具，如室内装饰。
众多苍白在聚集——

手的苍白，周围的脸的苍白，
飘扬的鸢尾花那欣快的苍白。

它们飞走，飞入虚无： 记住我们。
记忆的空长凳俯视石头，

蓝色纹理的大理石墙面，如满杯果冻的水仙花。
此处很美： 足以驻留。

（六）
这些椴树叶自然地肥硕！ ——
修剪成绿球，树向教堂进军。

稀薄空气中，牧师的声音
在门口遇见尸体，

跟它说话，山岗上滚动着丧钟的音符；
麦子闪烁，大地赤裸。

那是什么颜色？ ——
太阳治愈了板结的墙的陈年血渍，

残肢与烧焦的心的古老血污。
寡妇带着黑皮小本子和三个女儿，

花丛间的必要之物，
裹住自己的脸，如精致的亚麻，

再也不展开它。
天空被搁置的笑容蛙出洞，

一朵朵云掠过。
新娘的花耗尽了鲜气，

灵魂是安静之处的
一个新娘，新郎鲜红而健忘，平凡无奇。

（七）
这车的玻璃后面，
世界咕隆着，隔绝而温柔。

我身穿黑礼服，静默，这聚会的一员，
跟在马车后低速滑行。

牧师是一条船，
一块柏油布，难过，呆滞，

像个漂亮女人一样跟着花车上的棺材。
胸脯、眼皮与嘴唇的浪峰

如风暴袭击山顶。
随后，竖起栅栏的院子里，孩子们

闻到黑鞋油熔化的味道，
他们转开脸，沉默而缓慢，

他们睁大眼睛
注视一件奇妙的东西——

草地里六顶黑色圆帽，一块菱形木头，
一张裸露的嘴，鲜红而笨拙。

顷刻间天空像血浆一般注入那个洞。
没希望了，它已被放弃。

1962.6.30

168　另一个人

你进来晚了，抹着嘴。
我在门槛上没去碰的是什么——

白色胜利女神，
在我的墙间流淌？

蓝色闪电笑着承担
他身体各处的负重，如挂肉的钩子。

警察喜欢你，你坦白一切。
闪亮的头发，黑鞋油，旧塑料，

我的生活如此有趣？
你是因此才睁圆眼睛？

空气尘埃是因此才散开？
它们不是空气尘埃，是血球。

打开你的手提包。那恶心的味道是什么？
是你的针线活，匆忙地

自己钩住自己。

那是你粘手的糖果。

我的墙上有你的头。
红蓝色的透明脐带

在我腹中尖叫如箭,我骑着它们。
哦,月之微光,哦,病中之人,

被盗之马,通奸
环绕着大理石的子宫。

你要去何处?
你吸气如吸下里程。

硫磺味的奸情在梦里悲痛。
冷玻璃,你如何将你自己

插入到我自己与我自己之间。
我像猫一样抓。

流淌的血是深色果实——
一种效果,一种化妆品。

你笑了。
不,这不致命。

1962.7.2

261

169　电话上意外听见的

哦，稀泥，稀泥，流体！——
像外国咖啡一样浓，鼻涕虫般的脉搏。
说话呀，说话！你是谁？
这是肠子的脉搏，易消化之物的情人。
是他，他完成了这些音节。

这些词语是什么，是什么？
它们像稀泥啪嗒掉下。
天哪，我如何能擦干净那电话桌？
它们从多孔的听筒中挤压出来，寻找一个听者。
他在吗？

此刻，房间充满嘶嘶声，那工具
缩回它的触须。
但卵已渗入我的心。它们有繁殖力。
泥巴漏斗，泥巴漏斗——
你太大了。必须将你收回！

1962.7.11

170　七月的罂粟

小小的罂粟，小小的地狱火舌，
你会不会伤人？

262

你闪烁。我不能碰你。
我将双手放在火焰间。没烧着。

我看你看得筋疲力尽，
这般闪烁，起皱，红得鲜亮，如一张嘴皮。

刚放过血的嘴。
小小的血色裙子！

有些烟气我不能碰。
你的鸦片剂在哪里？你致呕的胶囊？

我能流血就好了，或者睡着！——
我的嘴能嫁给那样一个伤口就好了！

或者让你的汁液在这玻璃胶囊中渗入我，
钝化，镇静。

却无色。无色。

1962.7.20

171 烧 信

我点燃火；我走近
废纸篓，厌倦了
旧日情书的白色拳头
以及它们死前的喉鸣。
它们是否知道我所不知道的？

263

它们铺开一粒粒沙，
那里碧水般的梦
露齿一笑，如奔逃的车。
我并不细心，
亲爱的，亲爱的，哦，我厌倦了
水泥色般的硬纸箱或一群
怨恨、呆钝的狗，
被一帮穿红夹克的人控制，
我厌倦了邮戳的眼睛和日期。

这火焰舔吃和谄媚，却毫无慈悲：
一个玻璃盒，
我的手指能伸进去，尽管
它们熔化，弯曲，它们被告知
"不要触摸"。
此处是写信的终结，
轻快的钩子弯曲，畏缩，还有那笑容，笑容。
至少那阁楼现在是个好地方了。
至少我不会在水面下被串成线，
喑哑的鱼
睁着一只锡眼
寻找微光，
在这个愿望与那个愿望之间
骑着我的北极。

于是我穿着女便服撩拨那些碳鸟。
它们比我无形的猫头鹰更美，
它们安慰我——
升起，飞翔，但被弄瞎了眼。
它们会拍翅而去，黑色，闪烁，它们是煤的天使，
只是它们对任何人都无话可说。

我确保这一点。
我用火钩的柄
拨开像人一样呼吸的纸片,
我扇开它们
在黄色莴苣与德国白菜之间,
内卷入怪异的蓝色之梦,
内卷如胎儿。
一个带黑边儿的名字

枯萎在我脚边,
蜿蜒的红门兰
在根须与无聊的巢里——
苍白的眼睛,漆革的喉音!
温暖的雨滋润我的头发,什么也没浇灭。
我的血管如树般发光。
狗群在撕咬一只狐狸。场景如下——
一次鲜红的爆发,一声尖叫
从裂开的皮囊奔出,并不因为
僵死的眼睛
和填塞的表情而停止,它继续
给空气染色,
告诉云的微粒、树叶与流水
何为永生。此即永生。

1962.8.13

172　致一个没有父亲的儿子

很快你将意识到一种缺失

265

在你身边像树一样生长，
一棵褪色的死亡之树，一棵澳大利亚胶树——
变光秃，被闪电阉割——一个幻觉，
还有像猪屁股的一片天空，完全缺乏关注。

然而现在你说不出话。
我爱你的稚拙，
它盲目的镜子。我望进去
只发现自己的脸，你觉得那好玩。
你来抓我的鼻子，一根梯级，

让我很惬意。
某一天你会摸到错误的东西，
小小的头骨，破碎的蓝山，可怕的寂静。
直到那时你的笑容都是失而复得的钱。

1962.9.26

173　生日礼物

这面纱后面是什么，丑陋还是美丽？
它闪烁着，它有乳房吗？有刀刃吗？

它必定独特，必定是我想要的。
当我静静做饭时，我感觉它在看，它在想。

"这是我为之出现的人吗？
这是那被选之人，带着黑眼眶和一道伤疤？

266

量出面粉，去掉多余的，
遵守规则，规则，规则。

这是那传报宣告的人？
天哪，开玩笑！"

然而它不停地闪烁，所以我想它需要我。
我不介意那是骨头或一粒珍珠扣子。

今年，我其实不怎么想要礼物。
我还活着，这毕竟只是一场意外。

那次我本可以以任何方式愉快地结束生命。
现在这些面纱出现，闪烁如窗帘，

一月的窗上，半透明的缎子
白如婴孩床单，闪烁着死亡气息。哦，象牙！

那必定是一只长牙，一根幽灵柱。
你难道看不出来，我不在乎它是什么。

你难道不会给我？
不要羞愧——我不介意它是否很小。

不要吝啬，我准备好接受大的。
让我们挨着它坐下，各坐一边，欣赏它的微光，

它的釉层，它镜子般的多变。
让我们端着它吃最后的晚餐，如医院的盘子。

我知道你为何不把它给我，

你害怕

世界将在一声尖叫中飞升，你的脑袋随之而去，
一张饰浮雕的古式铜盾，

给你曾孙的传家宝。
不要害怕，没这回事。

我只是收下它，然后安静走开。
你甚至都听不到我打开它，没有噼啪的撕纸声，

没有掉落的丝带，没有最后的尖叫。
我想你不会嘉许我如此的谨慎。

你从来不懂面纱如何谋杀我的时日。
对你来说它们只是透明物，透明的空气。

但是，天哪，云朵像棉花一样。
像一支支军队。它们是一氧化碳。

我甜蜜地，甜蜜地吸入，
让我的血管充满不可见之物，百万计的

可能的微粒，它们将年月从我生命中勾销。
你为这事穿上了银灰色西服。哦，计算器——

难道你就不能放手让事情整个地过去？
你非得把每一片印成紫红？

你能杀的你都要杀？
今天我只要一样东西，只有你才能给我。

它伫立在我窗边，天空般巨大。
它从我的床单获得呼吸，冰冷的死亡的中心，

洒落的生活在那里凝结，硬化成历史。
别让它乘邮件而来，手指递给手指。

别让它口口相传，等它全部传到
我都六十岁，麻木得用不了。

只要取下那面纱，面纱，面纱。
它如果是死，

我会欣赏它深沉的庄严，它永恒的眼睛。
我就知道你是认真的。

那么就有一种高贵，就有一次生日。
刀子就不会雕刻，而是进入，

干净利落，如婴儿啼哭。
宇宙从我身旁滑过。

1962.9.30

174　侦　探

她在做什么，当它越过
七个山头、红色犁沟与蓝色山峰而突然来访？
她在摆弄茶杯？这很重要。
她站在窗前倾听？

山谷中回荡着火车的尖叫，如肉钩上的灵魂。

那是死荫的幽谷，尽管奶牛兴旺。
在她花园里谎言正抖落潮湿的绸子，
杀手的目光正像鼻涕虫一样移动，斜行，
不敢直面手指，那些自我主义者。
手指正把一个女人夯入墙壁，

把尸体塞进管道，浓烟升起。
这是年月燃烧的味道，在这厨房，
这些骗局装订在一起像全家福，
这是一个男人，看他的笑容，
杀人凶器？没有人死亡。

房子里根本没有尸体。
有亮漆的气味，有漂亮地毯。
有阳光在玩弄它的锋刃
如红色房间里的无聊恶棍，
无线电收音机自言自语如年老的亲戚。

它是否像箭一样飞来？像刀一样刺来？
它用的是哪种毒药？
哪种神经卷曲器，抽搐剂？是否用电击？
这是一桩没有尸体的悬案。
尸体压根儿没出现。

这是一起人间蒸发案。
首先是嘴巴，它的失踪
在第二年被报道。它贪得无厌，
作为惩罚，被挂在外面像棕色水果
起皱，干枯。

其次是乳房。

它们更硬些，两块白石头。

流出的乳汁是黄的，然后变蓝，甜美如水。

嘴唇没有消失，有两个小孩，

但他们的骨头外露，月亮诡笑。

接着是枯树，大门，

慈母般的褐色沟畦，整座房子。

我们大为兴奋，华生。

只有月亮，以磷做了防腐。

只有乌鸦在一棵树上。记下来。

1962.10.1

175　闭嘴的勇气

紧闭的嘴，英勇面对大炮！

平静的粉红的线条，一只虫子，晒太阳。

它后面是黑色圆盘，愤慨的圆盘，

天空的愤慨，它布满皱纹的大脑。

圆盘旋转，它们要求被听见——

它们载满了私生子的叙述。

杂种，利用，抛弃，口是心非，

针在它的凹槽中旅行，

两个幽暗峡谷间的银色野兽，

一名伟大的外科医生，现在是文身师，

一遍一遍文着同样的蓝色怨恨，

在美人鱼和两条腿的
梦幻女郎身上纹下蛇、婴孩、乳头。
外科医生沉静，一言不发。
他见过太多死亡，他的双手已沾满。

于是大脑的圆盘转动如炮口。
然后是古老的钩刀：舌头，
永不疲倦，发紫。非得把它割下来？
它有九条尾，很危险。
它一动起来便在空中鞭打出噪音！

不，这舌头也被搁置一旁，
与仰光的雕刻，狐狸头，水獭头
死兔子的头一起高挂于图书馆。
它是神奇之物——
它在世之时已戳穿许多事物。

但眼睛怎么办，眼睛，眼睛？
镜子能杀人并说话，它们是恐怖的房间
里面一种酷刑正在实施而你只能旁观。
住在这张镜中的脸是一张死人的脸。
别担心眼睛——

它们也许发白，害羞，但它们不是密探，
它们的死亡光线折叠
如一个已湮灭的国家的国旗，
一种固执的独立
在群山间破产。

1962.10.2

176 蜜蜂集会

在桥头迎接我的这些人是谁？他们是村民——
教区长，助产士，教堂司事，蜜蜂代理人。
我穿着无袖夏装，毫无保护，
他们戴着手套，全身防护，为何没人告诉我？
他们正微笑，摘下缝在古老帽子上的面纱。

我像鸡脖一样赤裸，难道没有人爱我？
此处，蜜蜂的秘书穿着店员的白色女衬衣，
她扣紧我袖口以及我从脖子至膝盖的狭缝。
现在我是马利筋穗丝，蜜蜂不会注意。
它们嗅不出我的恐惧，我的恐惧，我的恐惧。

现在谁是教区长？是那黑衣人？
谁是助产士？那可是她的蓝色外套？
每个人都在点着黑色方形头，他们是戴脸甲的骑士，
腋窝底下打结系着粗布胸甲。
他们的笑容与嗓音在变化。我被领着穿过一片豆田。

锡箔纸条像人一样眨眼示意，
羽毛掸子在豆花的海洋中展开扇形手，
奶油色豆花长着黑眼睛，叶子如烦闷之心。
那卷须往上拖曳的，可是血的凝块？
不，不，是猩红花，在将来某天可以吃。

现在，他们给我一顶时髦的白色意大利草帽，
一块配我脸型的黑纱，把我变成他们的一员。
他们领我走向修剪过的小树林，成圈的蜂箱。

是山楂树散发恶心味道吗？
山楂树不育的身体，以醚麻醉它的孩子。

正在进行的是否是一项手术？
邻居们等的正是外科医生，
这戴绿色防护帽的幻影，
光洁手套，穿一身白衣。
这是屠户，杂货商，邮差？我认识的某人？

我逃不掉了，我已生根，荆豆刺痛我
用它黄色的豆荚，它尖锐的武装。
我逃不掉了，一旦逃就得永远逃。
白色蜂房像处女一样温暖，
封住她的孵巢与她的蜜，低声嗡鸣着。

烟雾在林中滚动，围裹。
蜂箱的首脑以为这是一切之终结。
先遣队歇斯底里地弹跳着到来。
如果我站立不动，它们以为我是欧芹，
一颗轻信的脑袋就能免于它们的敌意，

头都不点一下，仿佛树篱间的重要之人。
村民打开蜂室，他们在猎取蜂后。
她藏起来了？在吃蜜？她很聪明。
她老了，老了，老了，她知道她必须再活一年。
指关节般的蜂巢中，新的处女蜂

梦想着一次注定获胜的决斗。
一张蜡帘子将她们与新娘的婚飞隔开，
女谋杀犯飞升入一个爱她的天堂。
村民们正移动处女蜂，不会有残杀。

年老的蜂后没有现身，她如此忘恩负义？

我已筋疲力尽，我已筋疲力尽——
刀光剑影中的一根白柱。
我是魔术师的永不畏缩的女助手。
村民正解开他们的伪装，他们相互握手。
树林里那只白色长箱是谁的，他们完成了什么，我为何发冷。

1962.10.3

177　蜂箱到达

我订购了它，一只干净的木箱
椅子般方正，重得搬不动。
据我看，这是一个侏儒或者
方形婴儿的棺材，
要不是它里面如此喧嚣。

箱子锁着，它很危险。
我必须守着它过夜
我不能离开它。
它没有窗子，我看不到里面有什么。
只有一个小格栅，没有出口。

我眼睛贴着格栅。
漆黑，漆黑，
感觉像麕集的非洲人的手
细小干瘪，为了出口，
黑色叠加黑色，愤怒地攀爬。

275

我怎能放它们出去？
那噪音吓坏了我，
无法理解的音节。
如一群罗马暴民，
一个个看，很小，可是聚集起来，天啊！

我聆听狂怒的拉丁语。
我不是恺撒。
我不过订购了一箱狂人。
可以将它们退回。
我什么也不喂，它们可以死掉，我是主人。

我在想它们有多饿。
我在想它们是否忘记我，
如果我打开锁，退后，变成一棵树。
那儿有金链花，它的金黄廊柱，
还有樱桃的衬裙。

它们也许很快忽视
穿月光套装、戴葬礼面纱的我。
我不是蜂蜜之源，
它们为何撩逗我？
明天我就是好心的上帝，我将给它们自由。

箱子只是暂时的。

1962.10.4

276

178 蜂 蜇

我赤手搬动蜂房。
白衣男人笑了，赤着手，
我们的粗布护手整洁可爱，
我们的腕口是漂亮的百合。
他和我

之间相隔一千个干净的蜂巢，
八只黄色杯状蜂房，
蜂巢本身是一个茶杯，
白底绘粉色的花，
我用泛滥的爱给它上釉，

心想"可爱啊，可爱"。
孵巢灰白如贝壳化石
令我恐惧，它们看上去很古老。
我在买什么？被虫蛀的红木？
里面到底有蜂后吗？

若有，她已经衰老，
她的翅膀是撕裂的披肩，她修长的身段
是磨光的毛绒——
寒碜而赤裸，威仪丧尽，甚至可耻。
我站在一队

长翅膀的平凡的女人中间，
采蜜的苦力。
我不是苦力，

虽然多年来我一直吃尘土，
用我浓密的头发擦干盘子。

目睹我的陌生
像蓝色露水从危险的皮肤上蒸发。
她们会不会恨我，
这些奔忙的女人，
她们的消息是绽放的樱桃与苜蓿？

差不多结束了。
我掌控全局。
这是我的蜂蜜机，
它将不假思索地运转，
在春天开工，如一只勤劳的处女蜂

搜寻凝乳的花冠
如月亮在大海上搜寻它的象牙粉末。
第三者在观看。
他与蜜蜂商或与我皆不相干。
现在他已经

跳了八大步离开，一只出色的替罪羊。
这是他的一只拖鞋，这儿还有一只，
这是他的白亚麻方巾
他用它代替帽子。
他很可爱，

他努力，汗如雨下
将世界拖向成熟。
蜜蜂认出他，
如谎言紧贴在他嘴上，

蜇肿他的面容。

它们以为死而无憾，但我
要恢复一个自我，一个蜂后。
她死了吗？她在沉睡？
她去了哪儿，
带着她的狮红身体，玻璃翅膀？

此刻她在飞
比以往更可怕，空中的
红伤疤，红彗星
飞过杀死她的引擎——
这座陵墓，这座蜡像馆。

1962.10.6

179 蜂 群

有人在我们的镇上射杀什么——
周日街上响起沉闷的砰砰声
妒忌能大开血河，
它能造出黑玫瑰。
他们在射杀谁？

刀锋所向的正是你
在滑铁卢，滑铁卢，拿破仑，
你的矮背上耸起厄尔巴岛，
雪排列它明亮的刀叉
一批接一批，说着"嘘！"

嘘！这些与你对弈的象棋人，
安静的象牙塑像。
稀泥与喉咙一起蠕动，
法国靴底的踏脚石。
镀金的粉色的俄国圆顶熔化，飘入

贪婪的熔炉。云朵，云朵。
于是蜂群聚成球状，逃入
一棵七十英尺高的黑松。
必须把它射下来。砰！砰！
它蠢得把子弹当成雷声。

它以为那是上帝的声音
在宽恕那狗的嘴巴、爪子和笑相，
一只狗群里的狗，黄色腰背
对着象牙骨头咧开嘴笑
如那群狗，那群狗，如每个人。

蜜蜂飞这么远。七十英尺高！
俄国，波兰与德国！
温柔的山岗，亘古不变的紫红色
田野缩小成一枚便士
旋转着落入河中——被越过的那条河。

蜜蜂在它们的黑球内争辩，
一只飞翔的刺猬，全身是刺。
双手灰白的男人站在
它们梦的蜂窝下，这蜂房车站，
那里的火车忠实地沿钢铁弧线

出站与进站，这个国度不会终结。

砰！砰！它们坠落，
被肢解，落入一簇常青藤。
战车手，先遣队，伟大之师就这样覆灭。
一块破红布，拿破仑！

最后的胜利勋章。
群蜂被击打入一顶歪斜的草帽。
厄尔巴岛，厄尔巴岛，海上的水泡！
元帅、上将与将军的白色半身像
蠕虫似的爬进神龛。

多有启发意义呀！
暗哑的，挂满绶带的身体
踏上铺有法国母亲饰垫的木板
进入一座新陵墓，
一座象牙宫，一棵分叉的松树。

双手灰白的男人笑了——
一个商人的笑，非常实用。
它们根本不是手，
而是石棉容器。
砰！砰！"它们应该杀死的是我。"

蜇刺大如图钉！
蜜蜂似乎有荣誉的观念，
一个黑色的固执的头脑。
拿破仑很满意，他对一切都满意。
哦，欧洲！哦，一吨蜂蜜！

1962.10.7

281

180 过 冬

这悠缓的季节，无事可做。
我转动助产士的提取器，
我有自己的蜜，
六罐子，
酒窖里的六只猫眼，

在无窗的黑暗中过冬，
在房屋的中心，
挨着上一位租户腐臭的果酱
以及许多闪烁的空瓶子——
某先生的杜松子酒。

这是我从未走进的房间。
这是我绝对无法呼吸的房间。
漆黑聚拢如一只蝙蝠，
没有光
除了火把与它昏暗的

中国黄，照着毛骨悚然的物体——
黑色的愚笨。腐朽。
占有。
正是它们拥有我。
既不残酷也不冷漠，

只是无知。
这是蜜蜂必须经受的季节——它们
如此迟缓，我认不出它们，

如士兵列队
向糖浆罐行进

以补偿我取走的蜜。
泰莱食糖维持它们的生命，
精炼的雪。
它们靠吃泰莱食糖而不是花朵。
它们吃下去。寒冷逼近。

此刻它们聚成球状，
黑的
头脑对抗所有的白。
雪的笑容是白的。
它铺开自己，一英里长的躯体，如梅森瓷器。

暖和的日子，它们
将死蜂往那里运。
蜜蜂都是女人，
侍女与身段修长的贵妇。
她们已摆脱男人，

愚笨迟钝的失足者，粗俗男人。
冬季是女人的——
那个女人，静静地织毛线，
在西班牙胡桃木的摇篮旁，
她的身体是寒冷中的球茎，喑哑，无法思考。

蜂群能存活吗？剑兰花
能否成功封存它们的火焰
以进入来年？
它们能尝到什么，圣诞节玫瑰？

蜜蜂在飞。它们试吃春天。

1962.10.9

181　一个秘密

一个秘密！一个秘密！
高高在上。
蓝色的庞大的你，一位交警，
举起一只手——

我们之间的差别？
我有一只眼睛，你有一双。
秘密印在你身上，
暗淡的波状水印。

它会在黑色探测器上显示？
它会不会显得
如水波涌动，持久，真实，
无论在伊甸园式绿树间的非洲长颈鹿

还是摩洛哥河马身上？
它们从一个呆板的方形装饰框瞪眼。
它们用来出口，
一个傻瓜，另一个也是傻瓜。

一个秘密……一只多余的琥珀色
白兰地手指
在眼睛后面栖息，咕叫着"你，你"，

那眼中什么也映不出，除了猴子。

一把小刀可以拿来
修指甲，
撬污垢。
"它不会伤人。"

一个私生子——
蓝色大脑袋——
它在五斗橱抽屉里呼吸！
"那是女内衣吗，乖乖？"

"闻着像腌鳕鱼，你最好
在苹果上插几根丁香，
做个香袋或者
除掉这杂种。

彻底除掉它。"
"不，不，它在那里很快乐"。
"但它想出来！
看，看！它想爬出来！"

天呐，阻止它的来了！
协和广场上的汽车——
当心！
大奔逃，大奔逃！

转动的喇叭，丛林的喉音！
一瓶爆炸的烈性黑啤，
腿上泡沫四溢。
你跌撞出来，

矮小的婴儿，
你背上插着刀子。
"我感觉虚弱。"
秘密被泄露。

1962.10.10

182　申　请　人

首先，你算是一种人吗？
你戴不戴
玻璃眼球，假牙或拐杖，
支架或吊钩
橡胶乳房或橡胶胯部，

缝针显出缺失部分？没有，没有？
那我们怎么给你东西？
别哭。
张开你的手。
空的？空的。这儿有只手，

可以填满它并愿意
端来茶杯，移走头痛，
你要它做什么都行。
你愿意娶它吗？
它保证

临终时合上你的双眼，
溶解烦恼。

我们用盐制成新的一批。
我看你赤身裸体。
这套西服如何——

黑色，硬挺，倒也合身。
你愿意娶它吗？
它防水，防震，
防火，防穿透屋顶的炸弹。
相信我，你入土时也能穿它。

现在你的头，抱歉，空无一物。
我有合适东西给你填满。
来吧，亲爱的，从柜子里出来。
你觉得那个如何？
开始时赤裸如纸，

二十五年后她变成白银，
五十年后变成纯金。
一个活玩偶，无论哪个方面看。
它会缝纫，会做饭，
它会说话，说话，说话。

它很管用，不出故障。
你有孔洞，它便是膏药。
你有眼睛，它便是形象。
小伙子，它是你最后的依靠。
你可愿意娶它，娶它，娶它。

1962.10.11

183　爹　爹

你不行了，再也
不行了，一只黑鞋
我像只脚住在里面
三十年，可怜，苍白
几乎不敢呼吸或打个喷嚏。

爹爹，我必须杀了你。
我还没动手你就死了——
重如大理石，一袋子上帝，
恐怖的雕像，有只灰脚趾
大得像弗里斯科海豹，

还有一颗头颅泡在怪异的大西洋里，
它将豆绿倾洒在蔚蓝上
在美丽的瑙塞特河外的水域。
我以前常祈求你复生。
啊，你①。

操德国口音，在被战争
战争，战争的滚压机
碾平的波兰小镇。
但那镇子的名字很普通。
我的波兰朋友说

有一两打之多。

---

① 原文为德文(Ach，Du.)。

288

所以我从不清楚
你去过何处，根在何处，
我一直没法跟你说。
舌头卡在我嘴里。

卡入带刺铁丝的陷阱。
我，我，我，我，
我几乎说不出话。
我以为每个德国人都是你。
这下流的语言

一架火车头，火车头
噗噗地打发我如犹太人。
送往达豪、奥斯威辛或倍尔森的犹太人。
我开始像犹太人那样讲话。
我也许真是犹太人。

提洛尔的雪，维也纳的清啤
既不纯粹也不正宗。
凭我的吉卜赛女祖先与奇特的运气
凭我的塔罗牌，我的塔罗牌
我也许真有犹太血统。

我一直害怕你，
你的纳粹空军，你的官腔。
还有你整齐的小胡子
你的雅利安眼睛，湛蓝。
德国装甲兵，德国装甲兵，啊，你——

不是上帝而是一个卐字
漆黑得连天空都无法挤过。

每个女人都崇拜一个法西斯分子，
靴子踩在脸上，残暴的
残暴的畜生的心，就像你。

你站在黑板前，爹爹，
在我手中的一张照片里，
你的下巴而非脚上有道裂痕，
你并不因此就不是魔鬼，不，
就如同你仍是那黑衣人

将我娇美的红心咬成两半。
我十岁时他们埋葬了你。
我二十岁时想死
回到，回到，回到你身边。
我想哪怕是骸骨也行。

但他们把我从袋子里拉出，
他们用胶水把我粘起来。
然后我知道了该做什么。
我以你为榜样，
一个黑衣人，神情似《我的奋斗》

喜欢肢刑架与拇指夹。
然后我说，我愿意，我愿意。
所以，爹爹，我终于说完了。
黑色电话从根部断线，
声音无法蠕动着穿越。

我若杀一个人，就杀死两个——
那吸血鬼说他即是你
吸了我一年的血——

其实是七年，如果你真想知道。

爹爹，此刻你可以躺回去了。

你肥硕的黑心上插着一根桩，

村民们从不喜欢你。

他们在跳舞，把你踩在脚下。

他们早知道那是你。

爹爹，爹爹，你这杂种，我说完了。

1962.10.12

184 美 杜 莎

似堵嘴之物的石岬之外，

眼睛被白棍子卷起来，

耳朵如杯盛起语无伦次的大海，

你安置你焦躁的头颅——上帝之球，

仁慈的晶状体。

你的傀儡们

在我龙骨的影子里添加它们狂热的细胞，

如一颗颗心推挤而过，

中心是红色圣痕，

乘着激流奔向最近的出发点，

拖着它们的耶稣长发。

我逃过了吗？我在想。

我的思绪向你蜿蜒

老藤壶般的脐带，大西洋电缆，

靠白我维护竟然状态良好。

无论如何，你总在那里，
我诗行末端颤抖的呼吸，
一湾海水跃向
我的测水杆，眩晕而感激，
抚摸并吮吸。

我没有召唤你。
我根本没有召唤你。
然而，然而
你乘蒸汽穿过大海驶向我，
肥胖，红润，一只胎盘

令兴奋的情人们瘫痪。
眼镜蛇之光
从倒挂金钟的血色花朵里
挤掉了呼吸。我无法喘气，
死了，身无分文，

过度曝光，如一张 X 光片。
你以为你是谁？
一块圣饼？肥胖的玛利亚？
我不会咬你的身体，
我所居住的瓶子：

恐怖的梵蒂冈。
我极度厌恶热咸味。
你的祝福像太监一样绿
冲着我的原罪嘶叫。
滚开，滚开，鳗鱼触须！

你我互不相干。

1962.10.16

185　狱　卒

我的夜汗润滑了他的早餐盘。
那块蓝雾告示牌
与同样的树木与墓石一起转动就位。
他能召唤的就这点东西,
这摇晃钥匙的人?

我被下了药,被强奸。
七个小时我不省人事
装入一个黑袋子
我在那里放松,胎儿或猫,
做了他性梦的控制杆。

有些东西不见了。
我的安眠药,我的红色、蓝色齐柏林飞艇
从可怕的高度将我抛下。
甲壳碎裂,
我散开,面对鸟喙。

哦,小小的螺丝刀——
这纸一般的千疮百孔的日子!
他一直用烟头烧我,
仿佛我是个长着粉爪的女黑人。
我是我自己。这还不够。

高烧从我发间滴落，变硬。
我的肋骨凸显。我吃了什么？
谎言和微笑。
天空一定不是那种颜色，
草叶一定将如浪起伏。

我整天把烧过的火柴粘成教堂，
我梦见的完全是另一个人。
他，因这颠覆
伤害我，他
戴着伪装的盔甲，

他失忆症的高寒面具。
我怎么进来的？
刑期未定的犯人，
我的死法多种多样——
上吊，饿死，焚烧，钩挂。

我想象他
阳痿如远方的雷声，
在他影子里我吃完我的幽灵餐。
我希望他死去或离开。
那似乎不太可能。

不太可能被释放。没有高烧可以吞吃，
黑暗还能做什么？
没有眼睛可以切割，
光线还能做什么？没有我
他还能做什么，做什么，做什么？

1962.10.17

186 莱斯博斯岛[①]

厨房里的邪恶！
土豆嘶叫。
全好莱坞风格，没有窗户，
荧光灯畏缩、明灭，如可怕的偏头痛，
忸怩的纸条贴在门上——
舞台的幕布，寡妇的卷发。
我，亲爱的，是一个病态的撒谎者，
我的孩子——看看她吧，脸朝下趴地上，
松线的小木偶，蹬着腿即将消失——
她为何精神分裂，
她的脸泛红，发白，惊恐失措，
你把她的小猫塞入你窗外
有点像水泥井之处，
它们在那里拉屎，呕吐，嘶叫，她都听不见。
你说你受不了她，
这杂种是个女孩。
你像一台破收音机，被烧坏了电子管
清除了声音和历史，崭新的
静电噪音。
你说我该淹死小猫。它们太难闻！
你说我该淹死我的女儿。
她两岁时就发疯，十岁时肯定割自己喉咙。
婴孩笑了，这肥蜗牛，
在擦亮的橙色漆布格子上。
你可以吃他。他是个男孩。

---

① 莱斯博斯岛(Lesbos)：古希腊女诗人萨福曾居住的小岛。

你说你丈夫对你没用。
他的犹太妈妈守护他美妙的性器如守护珠宝。
你有一个孩子，我有两个。
我应坐在康沃尔郡的一块岩石上梳头发。
我应穿虎纹长裤，我应来场外遇。
我们应在来生相遇，在空中相遇。
我和你。

此时，有一股脂肪和婴儿屎的恶臭。
上一粒安眠药让我麻痹，昏沉。
烹饪的烟雾，地狱的烟雾
让我们头脑漂浮，两个恶毒的对手，
我们的骨头，我们的头发。
我叫你"孤儿"，孤儿。你病了。
太阳让你得溃疡，风让你得肺结核。
你曾经美丽。
在纽约，在好莱坞，男人们说："完了？
哇，宝贝，你真稀罕。"
你拍戏，拍戏，为那份刺激。
阳痿的丈夫倒下，去喝咖啡。
我试着让他呆在里面，
一根破旧的避雷针，
满天空都是你下的酸雨。
他笨重地走下塑胶鹅卵石坡，
一架被鞭笞的电车，冒着蓝色火花。
蓝火花四溅
像石英一样碎成无数。

哦，宝石！哦，珍宝！
那晚的月亮
拖着它的血袋，生病的

动物

把它拖过港口的灯火。

然后恢复正常，

坚硬，疏冷，惨白。

沙滩上鱼鳞微光把我吓得半死。

我们喜欢它，拾起一大把，

面团似的揉弄它，一具混血儿的躯体，

丝滑的砂砾。

一条狗捡起你狗一样的丈夫。他往前走。

我此刻沉默，恨意

冲上我脖子，

昏沉，昏沉。

我不说话。

我将坚硬的土豆打包如上好的衣服，

我将婴儿们打包，

我将病猫们打包。

哦，酸液瓶，

你盛满的是爱。你知道你恨的是谁。

他在一扇朝向大海的门边

拥抱他的老婆，

海水涌进来，白的与黑的，

又喷涌回去。

每天你都给他填充灵魂料如灌满水罐。

你如此筋疲力尽。

你的声音是我的耳环，

拍打着，吮吸着，这嗜血的蝙蝠。

如此而已。如此而已。

你从门内窥视，

悲哀的老巫婆。"每个女人都是婊子。

我无法交流。"

我看见你可爱的装饰
在你身上攥紧，如婴儿的拳头
或海葵，那大海的
情人，那盗窃狂。
我仍未成熟。
我说我也许会回来。
你知道谎言的用处。

哪怕在你的禅宗天堂我们也不会相遇。

1962.10.18

187　骤然停止

刹车的尖叫。
还是初生的哭喊？
我们在此，悬挂在情报秘密传递点，
叔叔，裤子厂的胖子，大富翁。
还有你，在我身旁椅子上失去知觉。

轮子，两个橡胶苦力，咬自己的甜尾巴。
那下面是西班牙？
红与黄，两块激情的热金属
扭绞并叹息，这是怎样的风景？
这不是英格兰，不是法国，不是爱尔兰。

这很暴力。我们来这儿探访，
一个该死的婴儿在某处尖叫。
空中总有一个血淋淋的婴儿。

我称之为落日，然而
谁听过落日像那样哀号？

你陷入你的七个下巴，安静如火腿。
你以为我是谁？
叔叔，叔叔。
持刀的悲伤的哈姆雷特？
你的命藏于何处？

你的灵魂，你的灵魂——
是一个便士，一颗珍珠？
我将带走它如带走一个漂亮的富家女，
只要打开门，下车
住在直布罗陀，喝西北风，西北风。

1962.10.19

188　高烧 103℉

纯洁？意味着什么？
地狱的舌头
呆钝，呆钝如呆钝而肥硕的

刻耳柏洛斯①的三重舌，
它在门口喘息。
舔不干净

————————————
① 希腊神话中守卫冥府入口的三头地狱犬。

冷颤的肌腱，罪孽，罪孽。
火绒哭喊。
蜡烛熄灭后

那长留的气味！
亲爱的，亲爱的，低沉的烟从我
身旁滚过如伊莎朵拉的围巾①，我害怕

一根围巾会缠入车轮并固定。
如此阴郁的黄烟
自生自灭。它们不上升，

却环绕地球滚动，
窒息年老之人，温顺之人
将暖房里

虚弱的婴儿呛死在摇篮，
鬼般的兰花
在空中悬挂它的空中花园，

凶恶的豹！
辐射使它变白
一小时内将它杀死。

在通奸者身上涂油
如广岛灰烬蚀入。
罪孽。罪孽。

---

① 伊莎朵拉·邓肯（Isadora Duncan）：美国著名舞蹈家，在法国尼斯因长
围巾缠入车轮而被勒死。

亲爱的，整晚
我一直闪烁，开，关，开，关。
床单变沉重，如色鬼的吻。

三个白天。三个夜晚。
柠檬水，鸡肉
汁，汁液令我作呕。

对于你或任何人，我都太纯洁。
你的身体
伤害我，如世界伤害上帝。我是一只灯笼——

我的头是一个
日本纸做的月亮，皮肤是打薄的金片
极其精致，极其昂贵。

我的热度令你惊奇？还有我的光芒。
我独自成为一株大山茶
发光，来来去去，红潮迭起。

我想我正上升，
我想我能复活——
火热金属珠飞溅，亲爱的，我

是一个纯乙炔的
处女
被玫瑰，

被吻，被小天使，
被这些粉色事物意指的一切守护。
不是你，也不是他

不是他，不是他
（我的众多自我正消解，这老淫妇的衬裙）——
升向天堂。

1962.10.20

189 失 忆 症

现在乞求认可，没用，没用！
这美丽的空白没用，除了抹平它。
名字，房屋，车钥匙，

玩具小妻子——
被抹掉，叹息，叹息。
四个婴孩，一个炉灶！

蠕虫般大的护士与一位微型医生
给他掖好被子。
往日之事

从他皮肤上剥落。
全部一起流入下水道！
他抱着枕头

如抱着他不敢触摸的红发姐姐，
他梦见一个新欢——
不孕，全都不孕！

梦见另一种肤色。

他们将怎样旅行，旅行，旅行，风景
在姐弟屁股后如火花闪放。

一条彗星尾巴！
金钱是万物的精液。
一个护士拿来

一杯绿色饮料，另一个拿蓝色饮料。
它们如星辰从他两旁升起。
两杯饮料在燃烧，冒泡。

哦，姐妹，母亲，妻子，
我的生活是甜美的忘川。
我再也，再也，再也回不了家！

1962.10.21

190　莱昂内斯

吹口哨也无法召唤莱昂内斯！
大海般冰冷，它如大海般冰冷。
看看他额头上那高耸的白色冰山——

此乃它沉没之处。
他眼中蓝绿错杂的
灰暗而模糊的

镀金的大海漫过它，
一只圆气泡

从钟、人

还有牛的嘴冒出。
莱昂内斯人一直认为
天堂与之不同，

但有着相同的人脸，
相同的地点……
这并不令人惊讶——

干净的可呼吸的绿色大气，
脚下，冰冷的沙砾，
田野与街道上是蛛网般炫目的水道。

从未有人想到他们已被遗忘，
那伟大的上帝
竟懒散地闭上一只眼，让他们

从英格兰的悬崖滑落，沉入久远历史！
他们不曾见到他微笑，
转身，如一头动物，

在他的苍穹之笼里，在他的星辰之笼。
他有过许多征战！
他内心的白色裂口是真正的白纸状心灵。

1962.10.21

304

191 割 伤

——给苏珊·奥尼尔·罗伊

多惊悚——
我的拇指代替了洋葱。
指尖几乎被切掉
除了铰链似的

一层皮，
下垂如帽檐，
死白。
然后是红丝绒。

小小朝圣者，
印第安人削了你的头皮。
你的火鸡肉垂地毯
直接从心脏

滚出。
我踏上去，
抓紧粉色泡沫的
饮料瓶。

这是一场庆典。
一百万士兵
从豁口涌出，
全是红衣英国兵。

他们支持哪边？
哦，我的
小矮人，我病了。
我服下一粒药来消除

那薄薄的
纸一般的感觉。
破坏者，
神风敢死队——

血迹在你的
三K党纱布
头巾上
变黑，变晦暗，

当你心脏的
球状肉浆
遭遇它小小的
沉默的碾磨机时，

看你真能跳——
你这受陷的老兵，
污秽的女孩，
拇指残根。

1962.10.24

192 烛 光 下

这是冬季，这夜晚，微茫的爱——
如黑色马鬃，
粗糙而喑哑的乡下事物
镀上钢的光泽，
那是绿色星辰在我们门口投下的。
我将你抱在怀中。
很晚了。
沉闷的钟报时。
镜子借一支烛光之力将我们浮起。

我们在这液体中相遇，
这闪烁的光晕似乎在呼吸
让我们的影子枯萎
是为了再次
把它们吹大，墙上狂暴的巨人。
一根擦亮的火柴让你变真实。
蜡烛刚开始不愿开花——
它吹灭它的花蕾
几近于无，吹成呆钝的蓝色哑弹。

我屏住呼吸等你吱呀着苏醒，
你这球状刺猬，
小而乖戾。黄色小刀
长高了。你抓紧你的栏杆。
我的歌声使你吼叫。
我把你当做船一样摇
摇过印度地毯，冰凉的地板，

而那铜人
跪下，弯着背，竭力

举起他的白柱，烛光
使天空无法接近，
那个黑袋子！无处不在，收紧，收紧！
他是你的，这小小的铜质擎天神——
可怜的传家宝，你能有的一切，
他脚下堆着五个铜炮弹，
无子亦无妻。
五个球！五个亮堂铜球！
用来玩杂耍，亲爱的，当天塌下来时。

1962.10.24

193 参 观

哦，未婚的姑妈，欢迎登门。
请到客厅来！
带着您大胆的
壁虎，这小闪亮！
全是齿轮，怪异的闪光，每个齿轮都是纯金。
我穿拖鞋和居家服，没涂口红！

您想四处看看！
不错，不错，这是我的住址。
不是您家的一块补丁，我猜，您那儿有
爪哇鹅与猴谜树。
有点破旧，

像架狂野的机器，有点乱！

哦，我不该把手伸进那里面
姑妈，它会咬人！
那是我的冰盒，不是猫，
尽管看起来像猫，毛茸茸的，纯白色。
您该看看它的作品！
无数个针般的透明蛋糕！

对偏头痛和肚子痛有效。这里
是我放炉子的地方，
每块炭都是灼热的十字绣——一盏可爱的灯！
有天晚上它爆炸了，
化作青烟。
所以我没有头发，姑妈，所以我呛得

喘不过气来，仿佛要呕吐。
煤气真恐怖。
这个地方我想您会喜欢——
牵牛花水塘！
这蓝色的是个宝贝。
它连续沸腾四十小时。

哦，我不该把手帕浸入，很痛！
去年夏天，天啊，去年夏天
它吃下七个女佣和一个管道工，
吐出他们如汽熨过的平整而挺括的衬衫。
我刻薄？我心存怨恨？
这是您的眼镜，亲爱的，这是您的钱包。

现在您戴上平顶帽，溜回家喝茶吧。

我喝柠檬茶，

柠檬茶和蜈蚣饼干——像爬虫，爬虫。

您不会喜欢。

溜回家吧，趁天气还好。

溜回家吧，别被保姆绊倒！——

她也许秃头，也许没眼睛，

但她真是个好人，姑妈。

她肤色粉红，她是天生的产婆——

凭蠕动的手指

她能起死回生且收费低廉。

希望您这次玩得愉快，姑妈！

溜回家喝茶吧！

1962.10.25

194 爱 丽 儿①

黑暗中凝滞。

然后，突岩与远景

倾泻无形体的蓝。

神的母狮，

我们结为一体，

脚与膝的枢轴！——车辙

---

① 爱丽儿(Ariel)：普拉斯在马术学校骑过的一匹马。

分岔延伸，与颈项上的
棕色曲弧是姐妹
我抓不住它，

黑鬼眼浆果
投下黑色的
钩子——

满口黑甜的血，
阴影。
另外某物

拖我穿过空气——
大腿，头发；
我脚踝落下雪片。

白皙的
戈黛娃①，我剥掉皮——
死的手，死的急迫。

此刻我
喷沫向麦田，海的闪烁。
孩子的哭喊

在墙内熔化。
我
是那只箭，

---

① 戈黛娃：十一世纪盎格鲁-撒克逊的贵妇，传说她为促其夫减少赋税
裸身骑马穿过考文垂市。

那自杀飞行的露珠
与那钉入
红眼睛的结为

一体，那眼是拂晓的炼锅。

1962.10.27

195　十月的罂粟

连今晨的朝霞也做不出这裙子。
救护车里的女人也不行，
她鲜红心脏的花朵骇人地穿透上衣——

一件礼物，爱的礼物
天空从未要过，
它苍白地

燃烧，点爆
它的一氧化碳；眼睛也从未要过，
它们在帽子下漠然停滞。

哦，天哪，我是什么
这些迟来的嘴竟然在霜冻林中
在矢车菊的拂晓中呼喊着绽开。

1962.10.27

196　尼克与烛台

我是一位矿工。帽灯发蓝光。
蜡石钟乳
淌水，变粗，眼泪

由泥土子宫从
它死一般的沉闷中渗出。
黑蝙蝠的气氛

裹紧我，这破披肩，
冷血杀人犯。
它们与我连成一体如李子。

古老洞穴
挂着钙的冰柱——老回声机。
连蝾螈也是白的，

那些圣洁的神父。
还有鱼，鱼——
天哪！它们是冰窗，

刀的罪恶——
一种食人鱼宗教，
从我活生生的

脚趾中喝下它的首次圣餐酒。
蜡烛
一饮而尽，恢复它渺小的高度，

它的黄鼓舞人心。
哦，亲爱的，你怎么来这儿？
哦，胚胎

甚至在睡眠中都还记得
你交叉的姿势。
血在你体内

开出净洁的花，这红宝石。
把你唤醒的
痛苦不是你的。

亲爱的，亲爱的
我为我们的岩洞挂满玫瑰，
还有柔软的小地毯——

维多利亚时代的最后一条。
让星星
垂直坠落向其黑暗所在，

让致残的
水银原子
滴入可怕的井，

你是空间羡慕地
倚靠的惟一坚实者。
你是那马槽中的婴孩。

1962.10.29

197　深　闺

玉——
肋骨之石，
幼嫩亚当的

痛苦之肋，我
笑了，跷起腿，
如一个谜，

变换我的透明部分。
多珍贵！
太阳将这肩膀擦得多亮！

如果
月亮，我
不知疲倦的表姐

升起，以癌般的苍白，
拖着树——
浓密的小块息肉，

小网，
我的可见性隐藏。
我如镜子闪亮。

新郎到达这一面，
众镜之王！
他引导自己

进入这些丝绸
屏风，这些窭窄的零碎。
我呼吸，嘴的

纱罩吹动它的帘子
我眼睛的
面纱是

一系列彩虹。
我属于他。
甚至当他

不在时，我
在不可能之事的剑鞘中，
在这些长尾鹦鹉

与金刚鹦鹉之间
旋转，昂贵而平静！
哦，嚼舌者，

睫毛的侍从们！
我将释放
一根羽毛，如孔雀。

嘴唇的侍从们！
我将吐出
一个乐符

震碎
空中的枝形吊灯，
它终日飘荡

它的水晶

那一百万个无知者。

侍从们!

侍从们!

他迈出下一步时

我将放出

我将放出——

从他疼爱如心肝的

戴珠宝的小玩偶——

那只母狮,

浴室中的尖叫,

百孔千疮的披风。

1962.10.29

198　拉撒路①夫人

我又做了。

每十年总有一年

我会尝试——

一个活生生的神迹,我的皮肤

明亮如纳粹灯罩,

我的右脚:

---

① 拉撒路:《圣经》中死后被耶稣复活的一个人物。

317

一个镇纸，
我面目全无，脸是一块
精致犹太亚麻布。

揭下餐巾
哦，我的敌人。
我很恐怖？——

这鼻子，这眼洞，这整副牙？
这股酸气
将在一天内消失。

很快，很快
被墓穴吞食的肉体
将在我身上安家，

我是一个微笑的女人。
我年仅三十。
我像猫一样有九条命。

这是第三次。
如此废物
每十年销毁一次。

这一百万根细丝啊。
人们嚼着花生
挤进来看

他们扒开我的手脚——
好一场脱衣舞。
女士们，先生们

这是我的双手
我的双膝。
我也许骨瘦如柴，

但我仍是那女人，同一个人。
第一次发生时才十岁。
那是一场意外。

第二次我想
坚持到底，不再回头。
我摇晃，紧闭

如一枚海贝。
他们只好呼唤，呼唤
挑下我身上珍珠一样黏的虫子。

死亡
是一门艺术，如其他一切事物。
我做得异常好。

我做了于是感觉像地狱。
我做了于是感觉像真的。
你可以说我使命在身。

在小房间里做很容易。
做了之后保持不动很容易。
而光天化日之下

戏剧性的归来，回到
原处，同样的人脸，同样残忍的
欢呼：

"一个奇迹！"
这击垮我。
要付钱的

看我的伤痕，要付钱的
听我的心跳——
真的在跳。

要付钱的，一大笔钱
为了说句话或摸一摸
或几滴血

或一根我的头发或我的衣服。
怎样，怎样，医生先生。
怎样，敌人先生。

我是你的作品，
我是你的珍品，
熔化为一声尖叫的

纯金的宝贝。
我扭动，燃烧。
别以为我低估了你的悉心关怀。

灰烬，灰烬————
你又戳又拨，
肉，骨头，再无他物————

一块肥皂，
一个结婚戒指，
一颗金牙。

上帝先生，路西法先生，
当心
当心。

我披着红发
从灰烬中复活
食男人如空气。

1962.10.23—29

199　信　使

一片叶子上蜗牛的话？
不是我的。别接受。

密封锡罐里的醋酸？
别接受。不是真货。

镶太阳的金戒指？
谎言。谎言与一场伤心。

叶上有霜，无可挑剔的
炼锅，在黑色

阿尔卑斯山的九座顶峰
自言自语，劈啪作响。

镜中的一次骚动，
是大海击碎它的灰镜——

爱情，爱情，我的季节。

1962.11.4

200　去　那　里

有多远?
现在还有多远?
车轮转动，如大猩猩的巨大内脏，
它们令我惊骇——
克虏伯的
可怕脑袋，黑色枪口
旋转，那声音
弹射出空无! 如加农炮。
我要穿越的是俄国，这好似一场战争。
我拖着我的身体
静静地穿过装稻草的车皮。
行贿的时候到了。
车轮吃什么，这些车轮
像神一样固定在其圆弧上，
这意志的银皮带——
不可阻挡。多傲慢!
神只关心目的地。
我就是这槽里的一封信——
我飞向一个名字，两只眼睛。
那儿会有火? 会有面包?
这儿到处是泥。
这儿是个车站，护士们
忍受着龙头里的水，它的面纱，如修女面纱，

她们安抚伤员，
他们被血喷射向前
腿和胳膊堆在
无尽哀号的帐篷外——
一座玩偶医院。
这些人，这些人的残肢
被活塞抽吸向前，被这些血
喷向下一英里，
下一小时——
断箭的王朝！

还有多远？
我的脚沾满泥，
粘稠，鲜红，湿滑。我从大地
这亚当之肋升起，受痛苦。
我无法毁灭自己，火车在喷蒸汽。
喷气，喘息，它的牙齿
像魔鬼准备碾压。
终结时足有一分钟
一分钟，一滴露水。
还有多远？
我要去的地方
如此小，为何这么多阻碍——
这女人的尸体，
烧焦的裙子和死亡模具，
被宗教人士和头戴花环的孩子哀悼。
此刻引爆了——
雷声与枪声。
我们之间开火。
难道半空中
没有一个安静之处

旋转、旋转，未被触及，不可触及。
火车正拖着自己，尖叫——
一头发疯地
奔向目的地的动物，
那血污，
那火光尽头的脸。
我将埋葬伤者如埋葬蛹，
我将点数并埋葬死者。
让其魂魄在一滴露水中翻滚，
做我路上的香火。
车厢摇晃，它们是摇篮。
我走出这皮囊，
走出旧绷带、厌倦、旧日之脸

从忘川的黑色车厢走向你，
纯洁如婴儿。

1962.11.6

201　夜间之舞

一个微笑坠入草地。
不可复得！

你的夜间之舞将如何
化为泡影。在数学里？

这纯粹的跃起、旋转——
这些无疑将

永远遨游世界，我也不会
被剥夺所有的美，你天赐的

小小的呼吸，你睡着时散发的
湿草叶气息，百合，百合。

它们的肉体不发生关系。
"自我"的冷皱褶：马蹄莲，

虎纹百合，只装扮自己——
以斑点，炽热盛放的花瓣。

这些彗星
划过如此广阔的太空，

如此的冰冷，遗忘。
于是你的身姿片片飘落——

温暖且有人性，它们粉红的光芒
淌血，剥落

穿过天堂的黑色失忆。
我为何被给予

这些灯盏，这些祝福般、雪花般
坠落的星球，

六角，纯白
落入我的眼，我的唇，我的发际

轻触，融化。

无处可寻。

1962.11.6

202 格 列 佛

云朵从你身上飘过
很高，很高，冰冷地
有点扁平，仿佛它们

浮在一块隐形玻璃上。
不像天鹅，
没有倒影；

不像你，
没有连着绳子。
清爽，湛蓝。不像你——

你，躺在那儿
两眼望天。
蜘蛛人抓住了你，

缠绕并盘卷他们的小小脚链，
他们的贿赂——
好多丝绸。

他们多恨你。
他们在你手指的峡谷里谈话，他们是尺蠖。
他们想让你睡在他们的橱柜里，

这个脚趾，那个脚趾，一件遗物。
滚开！
滚开七里格远，像克里韦利画中

转动的远景，不可触及。
让这只眼成为鹰，
这嘴唇的阴影，一道深渊。

1962.11.6

203　镇　静　剂

哦，半个月亮——

半个脑子，发光体——
黑人，戴白面具，

你深黑的
截肢爬行，惊悚——

像蜘蛛，不安全。
什么手套

什么样的皮革
能保护我

不受那阴影侵袭——
那不可磨灭的花蕾，

那肩胛骨处的指关节，
那挤入

人世的面孔，拖着
缺无的

剪断的血胎膜。
我整夜做木工活

为我领受之物造好地方，
一双泪眼

与一声尖叫的爱情。
冷漠的

白痴！
暗色果实转动，掉落。

玻璃啪一声裂开，
人形

逃离，流产如下坠的水银。

1962.11.8

204 十一月的信

亲爱的，这世界
突然转变，变了色彩。早上九点

街灯的光线穿透
鼠尾似的金莲花豆荚。
这是北极，

这小小的
黑圈，长满褐色的草丝——婴儿头发。
空气中有绿意，
温柔，惬意。
亲密地将我托起。

我脸红，发热。
我以为我巨大无边。
我糊涂地享受幸福，
我的高筒靴
嘎吱嘎吱踩着美丽的红壤。

这是我的宅地。
每天两次
我在上面踏步，嗅探
带着铬绿扇贝的粗鄙的冬青，
纯铁味，

还有古老尸骨的墙。
我爱它们。
我爱它们如爱历史。
苹果是金色的，
想想吧——

我的七十棵树
在灰白的死亡浓汤中
擎着它们的金红圆球，

它们数百万的
金叶子，金属般毫无气息。

哦，爱情，哦，独身者。
惟有我
走在齐腰的湿地。
不可替代的
众金子在淌血，变暗，这些塞莫皮莱的入口。

1962.11.11

205　死亡公司

两个，当然是两个人。
现在看来再自然不过了——
一个人目光总是低垂，眼睛凸起
微阖，像布莱克，
他展示

众多胎记，那是他的商标——
开水烫的疤，
秃鹰那赤裸的
铜绿色。
我是红肉。他的喙

斜向抓取：我还不是他的。
他说我照相真不好看。
他说医院冰柜里的婴儿
看上去真甜美，

颈子上

有一道简单褶皱，
然后是带沟槽的希腊式
死人罩衫，
然后两只小脚。
他不笑也不抽烟。

另一个又笑又抽烟，
他长发飘逸，貌似可信。
杂种
对着小发光物手淫，
他希望被爱。

我保持镇定。
霜开出一朵花，
露水化成一颗星，
丧钟，
丧钟。

有人已被毁了。

1962.11.14

206　年　月

它们像动物一样从冬青的
外太空到来，那里的尖刺
并非我修行瑜伽时打开的意念，

而是纯粹的绿色与黑色
它们凝结并存在。

哦，上帝，我不像你
在你真空的漆黑中，
到处卡着星星——闪亮的愚蠢的碎彩纸。
永恒令我厌倦，
我不想要它。

我爱的是
运动着的活塞——
我的灵魂死在它面前。
还有马蹄，
它们无情的翻腾。

而你，伟大的凝滞——
伟大在何处！
今年，它是只老虎吗，这门口的咆哮？
它是基督吗？
他体内

那点可怕的神性
渴望飞翔并以此告终？
血色浆果如其所是，它们很宁静。
马蹄不会满足，
蓝色的辽阔中，众活塞嘶鸣。

1962.11.16

207 可 怕

这男人造了一个假名
像一条虫在它后面爬。

这女人在电话里说
她是一个男人，不是女人。

面具变大，吃那虫子，
嘴，眼，鼻都有了条纹，

那女人的声音变空洞——
越来越像个死人，

喉塞音里的虫子。
她一想到

婴儿就讨厌——
细胞的窃贼，美貌的窃贼——

她宁死也不愿发胖，
死了完美，如埃及女王，

她听见狰狞的面具在扩大
眼里银色的地狱边缘

那里的孩子不会游泳，

那里惟有他一人，他一人。

1962.11.16

208　玛利亚之歌

礼拜日羔羊的脂肪噼啪响。
脂肪
牺牲了它的晦暗……

一扇窗，神圣的金子。
火让它珍贵，
同样的火

熔化异教徒的脂油，
逐走犹太人。
他们的厚棺材漂浮在

波兰的瘢痕与烧毁的
德国之上。
他们不会死。

灰鸟迷住我的心，
嘴的灰烬，眼的灰烬。
它们筑窝。在那

将一个人
倒进太空的高崖上
炉子像天堂一样灼热发光。

我走在大屠杀中，
它是一颗心，
啊，金色的孩子将被世界杀死吞吃。

1962.11.19

209　冬天的树

黎明的湿墨水正溶解成蓝色。
在雾的吸墨纸上，树木
像一张植物图谱——
记忆生长，环环相叠，
一连串的婚礼。

不知何为堕胎与作践，
比女人更真实，
它们轻松地开花结籽！
品尝着没有脚的风，
深植入历史——

充满翅膀，超脱凡尘。
从这点看来，它们是丽达。
哦，树叶与甘甜之母，
这些圣殇像是谁？
斑鸠的影子在咏唱，却无法抚慰。

1962.11.26

210　巴西利亚

他们将出现吗，
这些有钢铁身躯的
带翼肘和眼窝的家伙

在等待大片云朵
赋予他们以表情，
这些超级人类！——

我的孩子是一根
被钉入、钉入的钉子。
他在自己的油脂中尖叫

骨头探听着距离。
我，濒临灭绝，
他的三颗牙

刺入我的拇指——
还有那颗星，
那古老的故事。

在小巷里我遇见羊和马车，
红壤，母亲的血。
哦，你们食人

如食光线，放过
这面镜子吧，
让它平安，别让它

被鸽子的毁灭所救赎，
荣耀
这威力，这荣耀。

1962.12.1

211　没有孩子的女人

子宫
摇动它的荚果，月亮
将自己从树上解脱，却无处可去。

我的风景是只没有纹路的手掌，
道路束成一个结，
这结就是我，

我就是你造就的玫瑰——
这身体，
这象牙

不虔诚，像一个孩子的尖叫。
我如蜘蛛，纺出众镜，
忠诚于自己的形象，

吐出的惟有鲜血——
尝尝吧，暗红的！
还有我的树林

我的葬礼，

还有这山岗，这
与尸体的嘴巴一起闪烁的东西。

1962.12.1

212　偷　听　者

你兄弟将修剪我的树篱！
它们挡了你房子的光，
多管闲事的种植人，
我肩上的痣，
只能随便挠挠，
弄不好会抓流血。
热带污渍在你身上
仍散发尿味，一种罪恶。
像灌木丛的腥臊。

你可能是当地人，
然而那黄色！
真难看！
你的身体，一根细长的
尼古丁手指，
我，一根
白色烟卷
点燃，被你吸入，
迟钝的细胞因此亢奋。

让我栖息于你体内！
我的杂念，我的苍白。

让它们施行怪异炼金术
把皮肤熔化成
灰色油脂，化掉一根根骨头。
我看见你之前的住户
病入膏肓，全身包裹，
一个六尺五寸的结婚蛋糕。
他居然毫不恶毒。

别以为我没注意到你的窗帘——
半夜，四点，
灯亮着（你在阅读），
粉饰勉强还行的稿子，
小淫妇的舌头，
绳绒线的引诱者，
把我的话勾引进去——
动物园的嚎叫，温柔而疯狂的
对镜交谈，你想逮到我那样说话。

我扑向你时，你跳得多高！
双手交抱，耳朵竖起，
浑身蛤蟆黄，在一滴雨水之下，
这滴水不会、不会
落入一片养牛人的荒漠，
他们拖着牛奶子
回到电子挤奶器和老婆，那只蓝色大眼睛
像上帝一样监视，或者像天空，
被无名小辈们注视。

我唤一声。
你爬了出来，
风向标小人，畏缩不已，

比利其矮人，
低教会①般的笑容
像牛油一样摊开。
这就是我将面对的——
跳蚤身材！
两只鼠目

在我的地盘上忽闪，
撬开信件封盖，
察看死气沉沉地搭在
椅子靠背上的
男裤的前裆开口，
绽放肥胖的微笑，睁大
婴儿般眼睛，
只为确认——
蟾蜍石！婊子姐妹！好邻居！

1962.10.15，1962.12.31

---

① 低教会(Low Church)：英国教会中不太强调圣礼的一支。

Sheep in Fog

1963

The hills step off into whiteness.
People or stars
Regard me sadly, I disappoint them.

The train leaves a line of breath.
O slow
Horse the color of rust,

Hooves, dolorous bells---
All morning the
Morning has been blackening,

A flower left out.
My bones hold a stillness, the far
Fields melt my heart.

Patriarchs till now immobile
In heavenly wools
Row off as stones or clouds with the faces of babies.

The whole cast my heaven
to let me through into a heaven
Starless & fatherless, a dark water.

Jan. 28
1963

213　雾中羊

山岗齐步走入白色。
人群或星星
忧伤地注视我，我令它们失望。

火车留下一串呼吸。
哦，慢的
马，铁锈色，

马蹄，哀伤的铃声——
整个上午
上午一直变暗，

一朵被遗漏的花。
我的骨头保持静止，远处
田野熔化我的心。

他们威胁着
让我通过，去一个天堂
没有星，没有父，一片黑暗之水。

1962.12.2 , 1963.1.28

214　慕尼黑人体模特

完美是可怕的，它生不出孩子。
冰冷如雪的呼吸，它夯实子宫

那里紫杉飘拂如九头蛇，
月复一月，生命之树与生命之树

放出它们的月亮群，毫无目的。
血的洪水即爱的洪水，

绝对的献祭。
它意味：除了我再无偶像，

我和你。
于是，她们可爱如硫磺，微笑，

这些人体模特今夜斜倚于
慕尼黑，这巴黎与罗马之间的停尸房，

赤裸，秃头，身着裘衣，
银色棒上的橙色糖果，

令人难以忍受，没有思想。
雪滴下它的片片黑暗，

四周无人。旅馆里
手会打开门，放下鞋子

等待碳来擦亮，
宽大脚趾明天会进去。

哦，这些橱窗的家庭氛围，
婴儿饰带，绿叶糖果，

粗壮的德国人安睡于他们无底的傲慢。
挂钩上的黑色电话

闪烁
闪烁，消化

无声。雪没有声部。

1963.1.28

215 图 腾

火车头正杀死铁轨，铁轨是银色的，
它延伸向远方。它仍然会被吞下。

它的奔跑毫无用处。
黄昏时有一种田野被淹没的美。

晨光为农夫洒上金色，他们像猪
在厚衣里左右摇晃，

前方是史密斯菲尔德的白塔，
他们心想着肥腰腿与血。

345

肉刀的闪光无慈悲可言，
屠夫的断头台低语："这个如何，这个如何？"

野兔在碗里流产，
它胎儿的头被砍下，佐以香料，

被剥掉毛皮和人性。
让我们吃它如吃柏拉图的胞衣。

让我们吃它如吃基督。
这些曾经显要之人——

他们的圆眼、牙齿、怪相全在一根
咔哒响、格格响的棍子上，一条假蛇。

眼镜蛇的头巾会惊吓我？
孤独在它眼中，那群山的眼睛，

天空无尽地穿过它们。
世界炽热如血且有人情

血色潮红的黎明说。
没有终点，只有提箱

里面同一个自我展开如一件衣服
光秃，磨损，满口袋的愿望，

观念，车票，短路与折叠镜。
我疯了，蜘蛛叫道，挥舞它的众肢。

说实话它很可怕，

在蝇眼里加倍如此。

它们嗡嗡如蓝色的孩子
在无限的网中，

手拿多根棍子的死神
最后扯紧绳子。

1963.1.28

216 孩 子

你清澈的眼睛是绝对美丽的事物。
我想用颜色与鸭子充满它，
这新奇的动物园，

你沉思它的名称——
四月的雪莲花，水晶兰，
小的

无皱皮的茎，
池水里的意象
应高贵而典雅

不是这烦恼的
拧绞的双手，这黑暗的
天花板，一颗星也没有。

1963.1.28

347

217 瘫痪者

它发生了。会持续吗？——
我的心是块岩石，
没有指头去抓，没有舌头，
我的上帝是铁肺

它爱我，来回给
我的两只
灰尘袋子打气，
不让我

旧病复发
而屋外白昼滑走如自动收报机纸条。
夜晚带来紫罗兰，
眼睛的织毯，

灯火，
轻柔的匿名
交谈者："你还好吧？"
僵硬的难接近的胸脯。

死卵——我，完整地
躺卧在
一个我无法触及的完整世界之上，
在我紧绷如白鼓

的卧榻旁
照片探访我——

我的妻子，已死，扁平，穿 1920 年的裹衣，
满嘴珍珠，

两个女孩
跟她一样扁平，低声说："我们是你女儿。"
静止的水
环绕我的嘴唇，

眼睛，鼻子和耳朵——
一张透明的
我无法撕开的玻璃纸。
我裸背而卧

微笑，一尊佛，所有
需求，欲望
从我这里脱落如戒指
拥抱自身光芒。

木兰的
爪子，
沉醉于自身的香气，
对生活一无所求。

1963.1.29

218　小　白　脸

怀表，我滴答得准。
大街是蜥蜴般的裂缝，

两侧陡峭，有洞可藏。
最好在一条死胡同里相遇，

在一座以镜子
为窗的天鹅绒宫殿。
那里很安全，
那里没有家人的照片，

没有鼻环，没有哭声。
闪亮的鱼钩，女人的笑
生吞我的躯体。
我，身着时髦的黑衣，

碾磨一窝水母般的乳房。
为滋养
大提琴般的呻吟，我吃鸡蛋——
蛋和鱼，必需品，

催情乌贼。
当我的引擎快要熄火
我嘴角便下垂，
基督之嘴。

我的黄金指关节
在闲言碎语，我以这方式将婊子
变成银色涟漪，
铺开一张地毯，嘘。

情欲无休，亦无止。
我永不变老。新的牡蛎
在海里尖叫，我

闪光，如枫丹白露宫，

心满意足，
所有坠落的水是一只眼睛，
我在水面上温柔地
俯身，看见自己。

1963.1.29

219　神秘主义者

空气是一磨坊的钩子——
无解之题
闪烁，醺醉如蝇，
它们吻的叮咬让人难受
在这夏日松树下阴暗空气的腥臭子宫里。

我记得
木屋上阳光的死亡气味，
船帆的僵硬，咸的长卷布。
人一旦目睹上帝，还有何补救？
人一旦被抓走

什么也不剩，
没有脚趾，没有指头，用尽了，
完全用尽，在太阳的大火中，众污点
从古老的大教堂延伸，
还有何补救？

圣餐药片，
平静水边的行走？记忆？
或在啮齿动物面前
捡起基督的闪亮碎片，
那些温顺的食花者，那些

愿望卑微到感觉舒服的人——
那个住在铁线莲辐条下
风吹雨打的小屋里的驼背人。
难道没有伟大的爱，只有柔情？
大海是否

记得水面的行者？
意义从分子间渗漏。
城市的烟囱呼吸着，窗户冒汗，
孩子在他们的小床上跳跃。
太阳绽放，一朵天竺葵。

心脏还未停止。

1963.2.1

220　仁　慈

仁慈从我的屋子旁悄然走过。
仁慈夫人，她人真好！
她戒指上红色与蓝色的宝石
在窗里冒烟，镜中
正充满笑容。

什么像孩子的哭喊那般真实？
兔子的哭喊也许更狂野
但它没有灵魂。
糖可治好一切，仁慈如是说。
糖是一种必需的液体，

它的晶体是一小贴膏药。
哦，仁慈，仁慈
温柔地拾起碎片！
我的日本丝衣，绝望的蝴蝶，
随时可能被麻醉，钉穿。

你走过来，端着一杯茶，
热气腾腾。
血的喷射是诗，
无法阻止。
你交给我两个孩子，两朵玫瑰。

1963.2.1

221　词　语

斧头
劈砍后，木头鸣响，
还有回声！
回声传开
远离中心，如群马。

树液

353

涌出如眼泪，如水
竭力重新
竖立它的镜子
于坠落、翻滚的

岩石上——
一颗白色骷髅，
被贪婪的青草啃咬。
多年后，我
在路上遇到它们——

干枯的词语，没有骑手，
永不疲倦的马蹄。
然而
从水潭的底部，不变的星辰
主宰一生。

1963.2.1

222　挫　伤

颜色涌向现场，暗紫。
身体其余部分全褪色，
成珍珠色。

一个石坑中
大海着迷地吮吸，
一个洞即整个海的轴心。

苍蝇般大小，
命运的标记
爬下了墙。

心脏关闭，
海水滑回，
众镜被覆盖。

1963.2.4

223　气　球

圣诞以来它们与我们同在，
纯真而透明，
椭圆的有灵生物，
占据一半空间，
在看不见的平滑气流里

移动，摩擦，
被攻击时发出尖叫
砰然爆裂，溜去休息，毫不颤抖。
黄色的猫头，蓝色的鱼——
我们与之共处的奇怪的月亮

代替死气沉沉的家具！
棕垫，白墙
以及含稀薄空气的
游移不定的红绿色球体
让心

愉悦，正如愿望或
自由的孔雀，以一根由繁星的金属
捶打成的羽毛
祝福古老大地。
你年幼的

弟弟正使
气球像猫一样尖叫。
似乎看到
一个有趣的粉红世界，他可以从另一边吃它，
他咬一口，

然后
坐回原位，这胖罐子
凝视一个清澈如水的世界。
一块红色
碎片攥在他的小拳中。

1963.2.5

224　边　缘

这女人完美了。
她已死的

躯体穿着成就的笑容，
一种希腊必然性的幻觉

流淌在她长袍的卷涡中，

她赤裸的

双脚似乎在说：
我们走了这么远，结束了。

每个死去的孩子都蜷曲着，如一条白蛇，
各自依着

小奶壶，现在空了。
她将他们折叠回

她的身体如玫瑰的
花瓣合拢，当花园僵硬，

香气如血流出
自夜花那甜蜜而幽深的喉咙。

月亮没什么好悲哀，
从她骸骨的头巾下凝视。

她已习惯这种事。
她的黑色碎裂并拖曳。

1963.2.5

青年时代

The night
before Monday,
and in the
plath house
every creature
was stirring
Including a
mouse.

Both Grammy and Mummy
were baking with
care
In hopes that
dear Grampy
soon would
be there.

这里主要选取了普拉斯在 1956 年之前 3—4 年内的诗。其中很多是她在史密斯学院的课堂作业。从打字稿上可以看到普拉斯的英语老师阿尔弗雷德·费雪留下的大量的详细评论。大多数情况下，普拉斯遵照了他的文本建议。

苦 草 莓

在草莓地，整个上午
他们都在谈论俄国人。
蹲在成排的草莓间，
我们聆听。
我们听见女工头说，
"把他们炸出地图。"

马蝇嗡鸣，停下来叮咬。
草莓的味道
变得又浓且酸。

玛丽慢声说，"我有个孩子
到了入伍年纪。
万一发生什么事儿……"

天空高远，湛蓝。
深深的草丛中
两个孩子嬉笑追逐，
笨拙的长腿
跳过车辙纵横的大路。
田地里满是晒成古铜色的年轻人
挖莴苣，给芹菜除草。

"征兵期过啦，"那女人说。
"我们早该炸烂他们。"
"不要，"那梳着金色
发辫的小女孩哀求道。
她的蓝眼睛里漂浮着惧怕。
她焦躁地补充道："我不明白
你为什么总这样说……"
"嗬，别担心，内尔达，"
那女人厉声道。
她站起来，一个瘦而威严的身影
穿着褪色粗布工装。
她一本正经地问我们，"有多少夸脱？"
她在本子上记录总量，
我们转过头接着摘。

跪在一排排草莓上方，
我们伸出熟练的手
迅速伸入叶间，
在用拇指与食指
切断根茎之前
手成杯状捧起草莓。

家庭聚会

我听见外面街上
车门砰然关闭；人声近了；
不连贯的言谈片段
以及路上高跟鞋的咔哒声；
门铃用铜爪

撕碎晌午的高温；
一秒钟停顿。
我脉搏的迟钝鼓点
击打变薄的沉默。
此刻大门从内打开。
啊，听这聚会之人的碰撞——
问候时的笑声与尖叫：

伊利莎白姑妈，仍旧胖，
喘着气，油腻的吻
印上每一张面颊；
那边是珍妮表姐，发出
粉色的满意的尖叫，
这眼花的老处女，
双手像神经质的蝴蝶；
保罗叔叔刺耳的男中音
粗糙如断裂的树枝
盖过众声；
最年幼的侄子烦躁地哼哼
对着欢迎队伍流口水。

如跳水者立在高挑的跳台上
我站在楼梯的顶端。
漩涡斜睨我，
如吸水海绵；
我抛弃我的身份
致命地一跃。

女 作 家

她整天与世界的骨头下棋：
受宠地（窗外突然下雨）
躺在软垫上，蜷着身
偶尔轻咬原罪的糖果。

玫瑰色墙纸的房里，她怀着
巧克力幻想，端庄，粉胸，娇柔，
擦亮的高脚柜吱呀地诅咒，
暖房的玫瑰落下不道德的花。

她手指上的石榴石闪烁
手稿上映出血；
她沉思这甜蜜而病态的香气，
那是栀子花溃烂在地窖，

她迷失于微妙的隐喻，从街上
哭泣的孩子的灰色脸庞撤退。

四 月 十 八

我一切往日的黏土
在我的空脑壳里烂掉

如果我的胃因为一些
可以解释的现象而收缩

如怀孕或便秘

我将不会记得你

或者因为像一轮绿奶酪般的月亮
一样稀少的睡眠
因为像紫罗兰叶
一样有营养的食物
因为这些

在几码致命的草地中间
在天空与树梢的少许空间

一个未来在昨天丢失
如黄昏时的网球
那般轻易失去，不可挽回

金色的嘴呼喊

金色的嘴呼喊，带着青铜色少年
幼稚而年轻的自信。
他回忆一千个秋天
十万片树叶如何
被他青铜色的英雄理由说服
从他的肩胛骨滑落。
我们忽视金子将面临的毁灭，
我们在这明亮的金属季节无比欢快。
就连死者也在黄花间欢笑。

青铜色男孩站在没过膝盖的世纪里，
从不悲痛，
回忆一千个秋天，
一千年的阳光照耀他的嘴唇，
他的双眼被树叶遮满。

小丑挽歌

接吻的中途
总有亵渎性的咳嗽冲动；
教堂礼拜的神坛上
总有魔鬼斜倚，引你发笑。

在哀悼的虚假仪式后
潜伏着拙劣演员的滑稽天性；
你从未改变你关于
生命乃纪念碑式赝品的有趣信仰。

从喜剧般的意外的出生
到最后怪诞的死亡的玩笑
你亵渎性欢快的疾病
随每一口狡黠的呼吸传播享乐。

这次你不得不演一回正直之人
忍受蛆虫的幽默。

致下楼梯的夏娃

——一首十九行诗

钟呼喊：亲爱的，静止是个谎言；
轮子在转圈，宇宙在运行。
（你骄傲地停在旋梯上。）

小行星于空中叛变，
众星以古老的椭圆密谋；
钟呼喊：亲爱的，静止是个谎言。

散开的红玫瑰在你发间歌唱：
若心燃烧，血永远喷涌。
（你骄傲地停在旋梯上。）

隐秘的星辰旋紧了大气，
太阳式体系中，众恒星倾斜旋转；
钟呼喊：亲爱的，静止是个谎言。

不朽的夜莺大声宣告：
若肉体渴望，爱永远燃烧。
（你骄傲地停在旋梯上。）

环形黄道带催促年月。
心胸狭隘的美女永不开窍。
钟呼喊：亲爱的，静止是个谎言。
（你骄傲地停在旋梯上。）

灰 姑 娘

回旋曲渐慢，王子贴向红鞋女孩，
她碧眼斜瞟，发丝如银扇闪亮，
此刻，里尔舞曲①自倾斜的小提琴
开始萦绕整个

旋转的高大的水晶宫，
宾客如酒滑入光影；
玫瑰色蜡烛在丁香色墙上摇曳
映照于无数酒壶的光亮，

镀金的佳偶沉醉于回旋
庆祝自古以来的节日狂欢，
直到夜半临近，陌生女孩突然
停住，面色苍白，内心不安，紧依王子

在狂热乐音与美酒交谈中
她听见钟的腐蚀性滴答。

被 弃

我的思绪乖戾，灰黄
我的眼泪像醋，
或酸性星球

---

① 一种苏格兰高地的舞曲。

那苦涩的黄色闪烁。

今晚，尖刻的风，爱，
　往来的流言，
我脸上戴着酸柠檬月亮
　那苦笑的皱纹。

如初夏的梅子，
　小，青绿，酸涩，
我那瘦弱的未成熟的心
　垂挂于枯茎。

十四行诗： 致夏娃

好吧，可以说你击碎一个头颅
如摔碎一个钟；你压碎骨头
于意愿的铁掌间，拿起它，
观察金属与宝石的残骸。

这曾是一个女人： 她的爱与计谋
被破碎的齿轮与圆盘的
暗哑形体，被空洞机械的念头
与一圈圈未说出的胡话暴露无遗。

没有凡人或半神能组装
生锈的幻想碎片，这白铁轮盘
上面刻满关于天气、香水、政治
以及固执理想的陈词滥调。

傻鸟跳出来，醉意地斜倚
以疯狂的十三小时制唧喳报时。

蓝 胡 子

我打算归还
进蓝胡子书房的钥匙；
我还给他钥匙
因为他将与我做爱；
在他眼睛的暗室中我看见
我 X 光下的心脏，被解剖的身体：
我打算归还
进蓝胡子书房的钥匙。

水 夜 曲

靛蓝液体深处
　　绿松的银
　　　稀释的光

在流动的喷气机
　　明亮的锡纸
　　　细条纹里颤动：

苍白的比目鱼
　　摇晃于
　　　倾斜的银：

浅滩上
　轻灵的小鱼
　　闪烁的金：

葡萄蓝蛤贝
　舒张柔软的
　　温顺的壳瓣：

球茎水母
　暗月般的球体
　　泛着奶绿色光：

鳗鱼打转儿
　以狡黠的螺旋
　　湿滑的鱼尾：

灵活的龙虾
　漫步，深橄榄色，
　　敏捷的爪子：

深处的声音
　迟钝而苍白
　　如沉没之锣的
　　　青铜音。

新手笔记

以寻常的咕哝，
迟钝如无名之蛤

那无面目的内脏，
俚俗如蛞蝓阔步
如蜗牛顶着隆起的家
发表小小的开场白：

以结构的训练
使模糊词汇的
软体动物变形：
将普通的可塑面具
硬化成骨头
那花岗石般笑容。

为此锻造之任务，
在冰的诡计中
加热悖论的炉子；
混合爱与逻辑，
记住，如果单调的风险
产生威胁：

是太阳的涡轮
给熔化的地球以骨架，
由碳结晶成
已知的最坚硬的物质，
钻石须承受
世界与时间的重量。

月亮变形记

冷月退去，拒绝同飞行员和解，

他不顾一切天堂的伤害
　　袭击命运开始的地带，
向太空抛出银色飞船的铁手套，
索取满足，但决斗并未发生：
　　喑哑的空气只是变稀薄，稀薄。

天空无法被拉近：它绝对
漠然，一个裹尸布般的降落伞
　　与那降落之人保持
相同坠速，他将永不放弃
追问，富有创造力，怀抱希望；
　　徒劳地挑战沉默的苍穹。

一切侵犯都发放缓慢灾难的
股息：咬过的苹果
　　结束伊甸园夜晚的牧歌：
领悟冲出头骨之壳，
如巢中布谷鸟制造混乱，
　　让天真的云雀挨饿，悲痛。

哪个王子抓住的闪亮圣杯
到头来没有变成一个奶桶？
　　每一个被发掘的秘藏
都可能成为客厅中常见的赝品：
有一种脂粉的手艺
　　能从妓女中变一个埃及艳后。

因为最精致的真理
是由火与冰的训练造就的诡计
　　以遮掩不和谐的因子
如脏袜子、放了一天的面包屑

被鸡蛋弄脏的盘子；也许
　　如此诡辩给我们慰藉。

然而内心的偏狭鬼
被好奇心引诱
　　将探入禁忌之袍的褶皱底下，
直到我们醒悟后的眼睛
餍足了损害神圣偶像的
　　泥脚趾和畸形足。

在云母般神秘的月光与
长麻子的表面之间——
　　可从分毫不差的望远镜看见——
必须做出选择：天真
是个童话；理智
　　用自己的绳子上吊。

无论何种选择，愤怒的女巫
将因我们做出区分而惩罚我们；
　　在险恶的两极间
我们保持致命的平衡，冻结在
矛盾的十字架上，被怀疑之实情
　　与梦的信仰撕扯。

路上的对白

"但愿有妙事发生！"
夏娃，开电梯的完美女孩
向亚当这傲慢的斗牛士感叹，

他俩乘飙升的竖直钟壳
飞速经过四十九楼，
快如易犯错误的猎鹰。

"我希望有钱的叔叔阿姨们
如大方的毒蘑菇撑开伞
置身一场香奈儿、
迪奥睡袍，菲力牛排，巨量美酒的阵雨——
一群慈善的傻瓜
来满足我奢侈的欲望。"

在他花哨的披风下勃起
骗子亚当这斗牛士叫道：
"愿联邦探员全死于怒火，
愿每一张幻兽般的美元
孵育出无数的真钞：
一个火辣而夸张的玩笑！"

夏娃说："愿有毒的线虫
蛊惑热烈的情人，
每一个都是情场老手
有着瓦伦蒂诺关于
底下那些消遣的一流技巧：
色欲而优雅的场景。"

亚当这类人猿自大狂
竖起时髦的对握的大拇指说：
"哦，愿处处有免费春药，
愿南瓜咕隆响变成凯迪拉克，
愿性感的维纳斯跳着华尔兹
从她的贝壳中向我走来。"

攻破万有引力的要塞，
夏娃这开电梯的超级女孩
与亚当，傲慢的斗牛士
飞速掠过九十四楼
在天体的隐秘起源处
收集空间的谜。

他俩一同观看气压计下沉
当世界沿着轨道疯转，
无数的人出生，死去，
此刻，从头顶的虚无之处
（快到让他俩应接不暇），
透来巨大的银河闪光。

致被弃的情人

我躺在窄床上发冷
　　伤心地看着
窗外的一方黑：

半夜的天空显出
　　一片星星的马赛克
绘出沉沦的年月之图，

而我的爱人从月亮投来
　　死一般冷的目光，
他冻结的信仰在闪耀。

我曾以一根极细的

荆棘刺伤他，
我没想到他的肉体会燃烧

或他体内热度会增加
　直到他白热化
如一尊神；

现在，无处可以
　躲避他：
太阳月亮皆反射他的火焰。

清晨，一切将
　再如往常：
星辰暗淡于愤怒的黎明；

镀金的公鸡将为我
　转动时间的刑架
直到正午到来

借着强光，我的爱人
　将看见我如何
仍在金色地狱里燃烧。

一 个 梦

"昨晚，"他说，"我睡得很好
除了天气变化前的两个怪梦，
那时我起床打开所有的
遮窗板，让长着湿羽毛的暖风

377

吹过我的房间。

"第一个梦中，我驾驶一辆
黑色灵车驶进黑暗，
载很多人，我突然撞上
一柱光，一个疯女人
立刻尾随我们，冲上来
挡住我们前行的车。

"她大叫着来到
我们停车的岛屿，咒骂我
要我交一笔罚金，
为我粗暴的攻击
还有我毁坏的
一整株隐形的宇宙发光植物。

"我听见身后一个声音
提醒我去握住她的手
吻她的嘴，因为她
爱我，而一次勇敢的拥抱
将抵消所有处罚。
'我知道，我知道，'我对朋友说。

"但我仍等着罚单
并接过她闪亮的传票，
（此时她正以泪洗路面），
然后乘风驶向你……
我还没有告诉你那噩梦，
梦中我置身中国。"

十四行诗：致时间

今天我们走在翡翠中，止于石榴石，
饰宝石的钟滴答着记录我们的年月。
死亡乘轻便钢车到来，然而
我们以霓虹炫耀我们的时日，蔑视黑暗。

在这装了最多塑料窗户的城市
在这魔鬼钢筋的外面，我听见
孤独的风在阴沟里咆哮，
他的声音在我耳边哭喊着拒绝。

哭吧，为那异教的女孩，她留在
太阳蓝的海边拾橄榄，哀悼那
为一千位国王祝酒的酒壶，因为一切
徒增忧伤；为传说的龙痛哭。

时间是铁栅栏的巨大机器，
它排干星辰的奶，直至永恒。

人类的审判

平凡的送奶人带来
　命运的黎明，把密封方瓶
送至门口，太阳在地板上
　发布末日的律令。

379

晨报记录头条新闻的时间
　　你饮下咖啡如饮原罪，
在喷气机般的上帝怒吼中，
　　起身让温雅的蓝衣警察进屋。

被钉在严厉的天使目光上，
　　你被判决服满法定期限
在你的霓虹地狱内被烧死。

此时，受戒于严厉的祖先之椅，
　　你坐着，目光严肃，快要呕吐，
未来是你头颅中一根电极。

四月晨曲

在碧纱悬挂的玻璃亭
赞颂这水彩情调的世界，
血液里的钻石唱刺耳的颂歌
树液升至叶脉的尖端。

圣徒般的麻雀唱乡野情歌
唤醒乳白黎明的梦中人，
郁金香低头，如红衣主教团
在太阳这教主前鞠躬。

鸽子凹凸的粉脚经过处
一波雪花莲星星为我们施洗，
长寿花抽芽如所罗门的比喻，
我与我的情人头戴草环。

我们再次受骗，以为
我们重返青春。

去捉那只好雏鸟

去金叶子玉米间捉那只好雏鸟
抓走斑点古怪、窝作一堆的鹌鹑；
从屋脊上收割圆圆的蓝鸽子，
但让羽毛迅猛的鹰飞翔。

　　让羽毛迅猛的鹰飞翔。
　　天空伴随雷声裂开；
　　躲吧，躲吧，躲进深巢
　　否则闪电把你击成灰。

去镶叶子的洞里捉沉睡的熊，
诱捕松弛的阳光下打盹的麝鼠；
欺骗那嘴拱稀泥的懒笨母猪，
但让飞快的羚羊奔跑。

　　让飞快的羚羊奔跑
　　雪花在身后狂舞；
　　躲吧，躲吧，躲进安全洞
　　否则暴风雪弄瞎你眼睛。

从懒惰的壳里采集紫色蜗牛，
在河边垂钓昏昏欲睡的鲑鱼；
在碧绿的浅滩上采集懒散的牡蛎，
但让水银色鲭鱼游走。

让水银色鲭鱼游走
在黑浪花倾倒的地方；
躲吧，躲吧，躲进温暖港
否则大水将你淹没。

情歌三重奏

（一）
花岗岩里的大裂纹
　　标记致命的欠缺，
然而独立的行星
　　却指挥黄道十二宫。

群山的曲线
　　绘出狂热的地图，
星罗棋布的喷泉
　　从心脏喷出。

大海的精确节奏
　　是血的节拍器，
而月亮有序的运行
　　始自隐密的潮水。

每个季节的大戏
　　设计一出天灾，
而一切天使般的理由
　　导向我俩不成熟的爱。

(二)
我对你的爱
　　比动词更活跃，
星辰般敏捷
　　被吸入太阳的帐篷。

脚踩每个音节的
　　马戏钢索，
他如果跌落，那些
狂妄自大之徒就会骨折。

太空的杂技演员，
　　那勇猛的形容词
为一个短语而俯冲
　　以描述爱的弧线。

他灵巧如名词，
　　弹跳到空中；
行星般的眩晕
　　让他一举成名，

然而灵活的连词
　　将雄辩地
为他的抒情行动
　　连接上间歇性目标。

(三)
如果你解剖一只鸟
　　来绘舌头的图，
你就剪断了
　　发出歌声的弦。

383

如果你活剥一只兽
　　来表达对鬃毛的赞叹
你就毁掉了其余
　　皮毛由之开始的部分。

如果你袭击一条鱼
　　来分析鱼翅，
你的手就压碎了
　　生殖的骨头。

如果你扯出我的心
　　来找它跳动的原因，
你就停止了
　　切分我俩爱情的钟。

哀　歌

——一首十九行诗

蜂蜇带走我父亲——
　　他行走于纷飞的寿衣翅膀
蔑视阴沉天气的滴答。

闪电以黄色泡沫舔吸
　　但它的蛇牙没击中目标：
蜂蜇带走我父亲。

痛击大海，这愤怒的泳者，
　　他以叉戟的傲气驾驶洪流

蔑视阴沉天气的滴答。

太阳的皱眉打倒我母亲，
　　在她坟旁敲响金锣，
但蜂蜇带走我父亲。

他把上帝的枪声看作打扰，
　　笑对天使舌头的伏击，
蔑视阴沉天气的滴答。

哦，搜遍四方的风，找出
　　另一个男人，能破坏帝王的笑：
蜂蜇带走我父亲
他蔑视阴沉天气的滴答。

末　日

笨鸟跳出来，醉意地歪斜
　　在破碎的宇宙时钟上：
疯狂的十三小时制正播报时间。

我们的彩绘舞台一幕幕崩溃
　　所有演员因致命冲击而停顿：
笨鸟跳出来，醉意地歪斜。

混乱撕扯中大街碎成沟壑，
　　末日来袭，城市一块块坍塌：
疯狂的十三小时制正播报时间。

玻璃裂开，碎片飞落；
　　我们的幸运遗物已进当铺：
笨鸟跳出来，醉意地歪斜。

上帝的扳手已炸烂一切机器；
　　我们再听不到神圣的鸡鸣：
疯狂的十三小时制正播报时间。

太晚了，问这目的是否值得这手段，
　　太晚了，计算即将倾覆的资本：
笨鸟跳出来，醉意地歪斜。
疯狂的十三小时制正播报时间。

清晨月歌

哦，幻象之月
　　沿着血管
以金线的幻觉
　　迷惑男人，

公鸡唤醒对手
　　来嘲笑你的脸
并遮蔽那椭圆，
　　它曾召唤我们

放下我们的理性
　　来到这传说中
异想天开的
　　地平线。

黎明将分割
　　你的银纱
它让恋人们
　　相互感觉很美；

光的逻辑
　　向我们揭示
月光的魔力
　　乃是放纵：

甜蜜的伪装
　　无法抵挡那
坦率的逼视
　　暴露爱的苍白领地。

肮脏的花园里
　　沉睡者醒来
这时他们的金色狱卒
　　转动刑架；

夜晚献出的
　　每具神圣的躯体
都被显微镜
　　之下的研究毁坏：

事实已炸烂
　　天使的骨架
残酷的真理
　　扭曲光辉的肢体。

在恐惧中反射

387

灼热的太阳：
跃向你的镜面
在那里沉没。

流亡者的命运

现在我们从巨大的睡眠的
圆形穹顶返回，到家后发现
一个高高的地墓的都市
沿我们理智的舷梯竖立。

我们狂欢的绿巷子已变成
地狱妖魔作祟的危险地；
天使之歌与小提琴皆暗哑；
钟的滴答为死去的陌生人封圣。

我们逆时间旅行，为挽救这一切
在我们如伊卡罗斯般坠落与毁灭前；
我们只找到倾颓的神坛
与涂在太阳上的黑暗的亵渎之词。

我们仍倔强地试图敲碎果壳，
里面封闭着我们的种族之谜。

1954.4.16

被剥夺者

巨额抵押怎么也得偿付，
　　你如有异想天开的储蓄计划
快告诉我，亲爱的，赶紧快说。

一种怪病击垮我们的神圣母牛，
　　没有奶和蜜装满罐子；
巨额抵押怎么也得偿付。

你如有办法阻挡象鼻虫部落
　　与蝗虫旅队的恶毒行进
快告诉我，亲爱的，赶紧快说。

我们的债主鞠个躬进来
　　查禁我们的全部家当；
巨额抵押怎么也得偿付。

你如有办法修补
　　世界开始时我们违犯的誓言
快告诉我，亲爱的，赶紧快说。

我们的挥霍超过银行限度
　　我们弄丢每个生命的护符；
巨额抵押怎么也得偿付：
快告诉我，亲爱的，赶紧快说！

警　告

哦，不要去敲打腐木
　　或是赢了牌后再玩一局；
别想知道不该知道的事。

魔法金苹果看上去都不错
　　但邪恶女巫已毒坏其中一个。
哦，不要去敲打腐木。

此处月亮光滑如天使蛋糕，
　　此处你看不到太阳黑子；
别想知道不该知道的事。

眼镜蛇披着头巾，假装温雅
　　绅士一般昂首阔步；
哦，不要去敲打腐木。

天使保持清醒的姿态，
　　伪装与欺骗已惹下致命灾祸：
别想知道不该知道的事。

致命的秘密暴露时就会伤人，
　　幸运之星纷纷逃离：
哦，不要去敲打腐木，
别想知道不该知道的事。

别想用一个吻来骗我

别想用一个吻来骗我
仿佛鸟儿将于此处停留；
垂死之人对此嗤之以鼻。

没有心，石头可以伪装，
处女从淫荡维纳斯的卧处起身：
别想用一个吻来骗我。

崇高的医生宣称痛苦是他的，
病人们随他发表意见；
垂死之人对此嗤之以鼻。

每个健壮单身汉都害怕瘫痪，
阁楼上的老处女终日叫唤：
别想用一个吻来骗我。

圆滑的永恒之蛇将幸福
允诺给凡间渴望快乐的孩子；
垂死之人对此嗤之以鼻。

错事迟早要发生；
唱歌的鸟收拾行李飞走了；
所以别想用一个吻来骗我：
垂死之人对此嗤之以鼻。

死　者

在椭圆轨道上以太阳的速度旋转，
躺于泥的胎膜如披圣袍，
死者无视爱与战争，
安歇于倾斜球体的宽大子宫。

这些死者并非精神上的恺撒；
他们并不期待骄傲的父国降临；
最后他们慌乱地爬上墓床
天地崩裂时，他们只寻求湮没。

被沃土包裹于深深的摇篮，
这些胫骨不会毫发无损地醒来
面对末日黎明的崩塌的号声：
它们永远躺卧于巨大的睡眠，
无法被上帝严厉而惊骇的天使
从其愚蠢无耻的终极腐朽中唤醒。

死亡之舞

在严密的根茎与岩石下，
　被大地的瞎眼睑所遮掩，
躺着那绣满青草的盒子。

安置在冰层上，痴迷的骨架
　仍渴望得到

另一个世界的狂热。

双手伸向乳突的
　　月球的遗物，绝迹而寒冷，
冰封在爱的诡计里。

午夜，每个骷髅披上光环，
　　回忆的荆棘滴答着
缠绕错杂的形体。

独角兽一样恼人的针
　　攻击沉睡处女的寿衣
直到她固执的身体燃烧。

被血液里的恶徒引诱，
　　胫骨此时复活，
受诱骗要抛弃草皮。

抽象的情侣私奔出棺材
　　在乳白月光下求爱：
银光掩盖他俩鬼魅的行动。

碑石的市镇发着冷光
　　期待鸡鸣的警报
唤醒黎明。

鬼魂互换灰烬之吻，下沉，
被赶入地下的僵局。

三个圈的马戏团

在神灵醉酒后造出的
一场飓风的马戏团帐篷里，
我奢侈的心再度爆炸
于一阵香槟色雨水的冲击，
碎片呼呼旋转如风向标
而天使纷纷鼓掌。

像死人一样勇敢而快活
我侵入我的狮子洞穴；
临危的玫瑰在我头发中燃起，
我以绝命的意气挥舞鞭子
用椅子护住我危急的伤口，
这时爱开始啃咬。

像靡菲斯特一样善于嘲讽，
以术士的伪装遮掩自己，
我厄运的魔鬼在秋千上歪斜，
长翅膀的兔子在他膝下飞转，
以妖魔式的轻快消失在
烧痛我眼睛的青烟里。

春之序曲

冬季风景此时悬挂好了，
　被蛇发女怪的蓝色瞪视钉住；

溜冰人冻结在一块石板里。

空气变成玻璃，整个天空
　　易碎如倾斜的瓷碗；
山岗与山谷一排排变硬。

每一片落叶陷入钢的咒语，
　　在石英大气中卷曲如蕨类；
雕像的休憩令乡村静止。

什么样的反向魔力能解除
　　将季节停止在其轨道上
并悬置一切可能之事的陷阱？

锁在水晶棺材里的是湖泊，
　　正当我们怀疑冰的结局时
歌唱绿色的鸟儿从岩石中爆发。

革命爱情之歌

哦，扔掉它，把它全扔给风：
　　首先让天国般的叶子飘走，
　　好书以自豪掀动书页；
用你的手驱散得意的天使。

破坏父辈一切所作所为：
　　扔掉颓败的雅典卫城，
　　然后抛掉世界七大奇观
和神圣舞台的支柱与道具。

接着捣毁日历；打发那没有罗盘
　　与尺标的尽责的行囊
　　去测绘命运之轮的刻度；
扫除一切束缚我俩的东西。

拆开古董样品，松掉钟的发条，
　　直到野孩子从天空一拥而下，
　　老处女穿着随意的衬裙
跟海棠花与积木一起飞舞。

此刻受骗的死者的空棺材
　　在倾泻的气流中，直到
　　上帝从祂那酷热的伟大地狱
听见他造的怪人在吱吱叫。

把这光秃的世界，这只蓝绿的球
　　抛回那浩劫
　　烧掉虚浮的铁锈
再次一起从头开始。

致撒旦：十四行诗

在你眼的暗室，月亮般心思
翻腾着要伪造月蚀：
闪亮的天使以他们障碍的快门
遮黑了逻辑的领土。

命令那颗螺旋式彗星喷射墨水
将白色世界抛入漩涡洪流，

你遮蔽一切秩序在正午的排列
把上帝光辉的照片变作阴影。

蛇如尖塔，在逆光中
侵入创世的广角镜头
在出生地印下你的火焰形象
以及连鸡啼也无法损伤的特征。

哦，傲慢星球的否定性制造者，
荫蔽了滚烫的太阳，直到所有钟停止。

术士告别"好像"

我告别了这华丽的镜子旅店
形容词与火烈鸟般名词玩槌球的地方；
我想我要离开一阵子
离开这些洛可可皇后的修辞术。
事项： 扔掉堂皇的支架式废话
拍售一切稀有白兔的动词；
打发我的缪斯爱丽丝，打包送走
花里胡哨的蘑菇比喻与怪兽装束。

我与生俱来的花招已用尽：
疯帽商的帽子变不出新比喻，
胡话译不成小曲：
是时候像咧嘴猫那般消失了
独自去真实的岛屿
那里白菜是白菜；国王是国王。

盛夏的动态雕塑

首先让你的画笔浸染明净的光。
接着以帆船的斜桅切分
杜菲蓝的天空，白鸥的羽毛赋格曲
旋飞其上。超越修拉：

让斑驳的阳光映照船侧，布置
一阵碧绿的颤音颤动在
方格子波浪里。在鱼鳍上轻灵地
弹出一段金丝线的拨奏曲。

杂纹琥珀般的岩穴中
一位美人鱼姬闲卧，
湿发间缠饰橙色扇贝，
刚从马蒂斯丰美的调色板上画出：

将此日悬挂，这般独特设计
如心中一座珍稀的考尔德动态雕塑。

魔鬼恋人的眼里

两只瞳孔
黑月亮
将一切观者
变成残废：

向里窥视的
　　每位淑女
身体变成
　　癞蛤蟆。

在此镜内
　　世界颠倒：
痴迷情人的
　　火焰飞镖

调转方向
　　伤了投手，
致命地灼烧
　　猩红伤口。

灼热镜中
　　我寻找自己形象，
何种火焰
　　能毁女巫之容？

我注视那熔炉
　　美人烧成焦炭，
却映照出
　　光辉的维纳斯。

傲慢的风暴击打头颅

傲慢的风暴击打头颅，
进攻沉睡的城堡，

撞击虚弱的看门人
使之跪下投降，
风，大为得意，
弄醒整个城市。
多疑的气旋考验
恪守教规的神圣骸骨；
争论的风逐项证明
肉体如何依恋冻僵的关节，
飓风般的头痛震动
东正教徒的太阳穴。

雨的驱病符
轻蔑地淹没挪亚的祈祷，
驱赶走廊里的神父与妓女，
再无摩西与道德；
再无古老蓝图来修建方舟
渡过这最后的黑暗。
河水泛滥
超过善恶之分界，
诡辩失控
淹没宁静伊甸园：
天使给予的所有绝对
在相对中踉跄。

闪电之咒将上帝的星球
唤出轨道；先知与律法
皆无法纠正欺瞒天空的
逃逸企图。
此时地球拒绝与天堂的
独裁电台通讯，
以退出太阳系

400

来触犯天体法则。
才智焕发的讽刺点燃了
独立的反叛之火
直到播音员的声音
淹没在浩劫的异端中。

结　局

电报说你已经走了
只留下我俩破产的马戏班；
我已没什么好说的。

指挥家付工钱给唱歌的鸟
它们买了去热带的票；
电报说你已经走了。

伶俐的绒毛狗已风光不再
掷骰子决定剩下的那根骨头；
我已没什么好说的。

狮子与老虎已成泥土
巨兽忧伤地大吼，变作石头；
电报说你已经走了。

眼镜蛇的病态机智已步入歧途；
他在电话上出租毒液；
我已没什么好说的。

彩色帐棚全倒在海湾；

神奇木屑在书写：地址不详。
电报说你已经走了；
我已没什么好说的。

两个恋人与真实之海的流浪汉

冷到最后，想象力
　关闭它幻想的避暑屋；
蓝色风景被封存；我俩的蜜月
　从沙漏中消散。

幻想搭建人鱼秀发的迷宫
　在潮水的碧浪中缠绕，
此刻如蝙蝠收拢它们的翅膀
　消失在颅骨的阁楼。

我俩没能成为欲成为的；我俩
　令一切推断大跌眼镜
逾越了当下的时空间距：
　白鲸与白色大海一同消失。

一位孤独的海边流浪汉蹲在
　万花筒般的贝壳残骸间，
在漫天嘲讽的海鸥群下
　用棍子刺探破碎的维纳斯。

海的变迁无法装饰沉没的骸骨，
　它随退去的波浪而暗笑；
虽然心智如牡蛎一再努力，

我们仅拥有一颗沙粒。

流水有其规律；真实的太阳
　升起落下，一丝不苟；
严酷的月球上没有小矮人，
　仅此而已，而已，而已。

橙色光芒中的黑松

告诉我你看见什么：
　黑松，如一个罗夏墨迹
在橙色光芒中：

种一块橙色南瓜地
　在半夜离奇地孵出
九只驾乌木马车的黑老鼠，

或者走入橙色，制造
　一块黑色魔鬼白内障
以螺旋斑点阴翳上帝之眼；

将橙色情妇一半放进太阳，
　一半放进阴影，直到
她皮肤把黑叶纹到柑橘上。

在橙色与黑色里阅读
　黑魔法、圣经或爱情诗，
直到黑暗被橙色公鸡征服，

但比这一切更实用的是：
　发现画家如何巧妙地
将橙与黑变得更为暧昧。

终　点

从轻信的蓝屋顶坐车回家，
做梦人经过一大片墓穴
如一夜之间冒出来的毒菇之灾，
他惊慌地驾驭苏醒的欲望：
他欢宴的餐厅已变成
蛆虫的客栈，贪婪的草叶
在骸骨的白色子宫内编织
精美而腐朽的华丽织绣。

恶魔般的男仆从容走来
打翻严肃的美食家的桌子
为欢宴端上地狱主厨最香的肉：
他苍白的新娘在火焰盘中：
佐以哀歌的欧芹，她躺着
等待他的恩典为她封圣。

爱是一种视差

"透视法因对分而暴露自己：
铁轨总会相遇，不在此处，
　只在不可能的心灵之眼中；

我们驶入诡辩的大海，
地平线后退，我们越过浮标，
　　那里的波浪假装浸湿真实的天空。"

"如果我们同意，一个人的魔鬼
也可能是另一个的上帝，
　　或者太阳光谱只是
一系列明暗的灰色；悬浮在
矛盾的流沙之上，
　　这是我们生活的全部报应。"

亲爱的，你和我可以继续胡扯，
直到群星滴答出一首
　　关于每个宇宙正反面的摇篮曲；
我们猛烈燃烧的胡话
没带来变化，除了钟的指针
　　不留情地从十二点走到一点。

我们竖立论据作活靶子，
只为用逻辑或运气将它们打倒，
　　自相矛盾只图一乐；
女仆拿着我们的外套，我们
披上阴冷的风如围巾；
　　爱是要求玩伴奔跑的农牧神。

现在你，我理性的妖精，
要我吞下整个太阳
　　如吞下一个超大牡蛎，一口饮下
大海：　你说彗星剖腹自杀时
记号划过夜空
　　将点燃沉睡的市镇。

亲吻吧：路边的醉鬼与站街的女人
都忘了他们在星期一的名字，
　　他们嬉戏，脑子里燃着蜡烛；
树叶鼓掌，圣诞老人飞入
从飞艇上撒下糖果，
　　玩他奢侈的字谜游戏。

月亮俯身观看；倾斜的鱼
在罕见的河里眨眼大笑；
　　我们四处滥用祝福，对着
教堂墓园般的聋耳大叫"你好"
"你好"，直到星光下僵硬的
　　众坟墓高唱圣歌作答。

再吻一次吧：直到严厉的父
侧身叫来帷幕遮住我俩一千个场景；
　　无耻的演员嘲笑他，
增加粉色丑角的数量吧
以欢快的腹语唱遍舞台，
　　当脚灯闪耀而观众席暗淡。

说呀，我们嘲讽道，黑与白
从哪儿开始，笛子与提琴区别何在：
　　绝对值的代数
在刺眼的万花筒般形体中爆炸，
每一个好辩的自负之人
　　都加入他的敌对阵营。

悖论是，"演戏才是重点"：
哪怕女主角噘嘴，批评家蜇人，
　　台词间仍燃烧着优雅的一幕，

一个短暂而热烈的融合，做梦的人
称之作现实，现实主义者称之作幻觉：
　　一种鸟儿飞翔般的洞察：

刺破天空的箭在其飞行中
得知了迷狂的秘密；
　　飞翔的总有一天要坠落，
落下来死去，勾画一个伤口，
它痊愈是为了在肉体冻结时
　　再次张开：　火凤凰从未停止旋转。

于是我们赤脚走在萎靡世界的
核桃壳上，踩灭弱小的地狱与天堂
　　直到幽灵叽叽叫着投降：
将我们的床建得高如杰克粗大的
豆茎；我们躺下相爱，直到尖镰刀
　　砍掉我们时日的配给。

让蓝色帐篷倒下吧，让星辰如雨落下，
上帝和虚空吓坏了我们
　　我们淹没在自己的泪里：　自今日始，
将每口呼吸支付给吹笛人，然而爱
并不知道死，也不懂心加上心的
　　简单总和之外的算数。

空中飞人

　　每晚，这灵巧的年轻小姐
　　躺在撕碎如细雪花

的床单间
直到梦将她身体
从床头带到严酷的
钢丝特技试演前。

每晚在巨大的厅中
危险的绳索上
她保持平衡如猫般灵敏，
跳着精致的舞
以配合指挥家意志下的
鸣鞭与吼叫。

被镀金，她穿过
闷热的空气准确地走来
举步，停止，悬在
动作的死点，
巨大重物从她身边落下
并开始摆动。

经如此训练，那女孩
闪开每个钟摆的
冲撞与威胁；
以灵敏的躲避与旋转
赢得掌声；闪亮的护具
咬进勇敢的四肢。

完成这艰难的定额，她屈膝行礼
沉稳地垂直落下
横越玻璃地板，安全着地；
然而，驯兽师与咧嘴笑的小丑
转过训练有素的目光，蹲着

对她抛掷黑色保龄球。

高大卡车滚动而入
发出狮吼般雷鸣；一切事物瞄准
并笨拙地推进
要捕获这灵敏得令人愤怒的皇后
要将她狡黠的九条命
粉碎成原子。

她眼观这计谋
黑重物，黑球，黑卡车，
最后的灵活一闪后
她跳出了危险的梦的铁箍
坐起来睡意顿无
此时闹钟响声停止。

作为对她技艺的惩罚，
白天她必须恐惧地行走在
夹道鞭刑似的钢车之间，
以免天空的整个精密脚手架
如摇晃的终曲恶意地
坠落在她的侥幸上。

疗养院日光浴室的早晨

阳光敲打一杯葡萄柚汁，
在喜林芋叶子间发出绿光，
这粉色、米色的超现实主义房屋
以及完美无瑕的竹子

受宠于康复中的妻子们；
热浪影子在明亮窗格上无声摇曳，
女人们如梦里的鱼
在倦怠如地狱边缘的
波浪起伏的水族馆里漂浮。

清晨： 又一天，在低语的轮椅上
闲散地谈论医疗整复术；
浆洗过的白外套，猫爪的行走，
精神错乱的预兆： 一把彩色药丸，
青绿色，玫瑰红，马鲛紫；
针扎下去不比爱更痛： 在这房间
时间滴答的节奏伴随水银
在刻度上的任意攀升，病痛
慢慢让位给太阳与血清。

如坏脾气的小鹦鹉受制于
每日例事的精致玻璃笼，
女人们等待着，坐立不安，
高雅而无聊地翻阅杂志，期待
某个不可思议的皮肤黝黑的男人
攻击这现场，创造出
某些俗丽的奇迹，如盗贼闯入
偷走她们的幻想：
中午，贫血的丈夫探望她们。

公主与小精灵

（一）
失眠的公主爬上
　　从虚构中涌现的旋梯
寻找那白光的源头，

光召唤她离开发烧的床
　　沿幻象之梯攀向月亮
神圣蓝光油膏她受伤的手。

手指包扎后，黄蜂似的针
　　从精致的织绣中飞出
按女巫的计划蜇刺，

她向上穿过针眼的恶意，
　　拖曳一丝不苟的朴素睡袍
沿着银河边闪亮的星。

天使队列点头让她进来，
　　她那古老、无限、美丽
传奇的教母俯下身来，

纺转着一根无法被
　　狡猾巫师弄卷的固执的毛线，
以阻止少女圆满达成目标。

经由月亮之灯的秘仪，
　　她体内点燃尖塔般火焰，

公主听见地下战队

声势如雷，绑架了他，
　　而他正是那条绕在
她腕上的线的终点，直到她
　　从精灵护卫中救出这矿工之子。

（二）
被一缕多变的细线的拉扯
　　引导，这女孩走下变暗的楼梯
打开宫殿的门锁溜走，

没被草坪上的守卫发现，
　　他们在银色岗哨亭里打盹儿。
在打霜的草地上她辨认出

线的光泽，把她引向山边
　　矿工在嶙峋的石林迷宫中
铺设的旧铁轨。

她奋力攀登陡峭的斜坡
　　月亮沉没于其后，
她想起保姆讲的奇异故事：

精灵曾袭击矿工的茅屋
　　因为新的采掘点太接近
它们妖魔女王的寝室。

远处传来奇怪的咯咯声，
　　她抓紧护符般的线
来到一座锥形的铁矿场。

412

她突然听见刺耳的歌声，
　　那是禁闭其中的务实的男孩，
他欢快地诅咒这群精灵。

那线团如信仰一样环绕
　　她淌血的双脚，保护着她，
公主搬开一块块石头解救矿工，
　　带他回家，让他当她的骑士。

（三）
公主劝诱头脑冷静的男孩
　　于太阳升起时穿过白色厨房
借白昼的光亮寻找那天梯。

他俩手牵着手地攀升子午线，
　　登上吱嘎作响的酷热之峰
这时她听到叽喳的机器

在阁楼口的黄道带后面，
　　以字母表的符箓
奇怪地编织她命运的织物。

她指向隐秘飞转的纺锤，
　　叫那未见世面的矿工躬身
向空中伟大的女神行礼，

女神高悬在行星光芒中。
　　眩晕的男孩大笑着问为何
他要在这愚蠢的景象前下跪，

那里鸽子沿山墙漫步，

在一堆杂乱的苹果皮间，
冲着凋萎的果核咕咕叫着方阵舞曲。

他话音未落，愤怒的教母
　　消失在一座干草的迷宫里，
惟见阳光在地板上绕着纱线。

哦，奢侈的稻草再无法
　　为那孩子织一个镀金的寓言，
他哭泣着面对让王族血脉
　　毛骨悚然的荒凉钟面。

一　瞬　间

　　赞美雕像吧：
　　为着那些定格的姿态
　　与坚定的石头眼，
　　视线穿过青苔眼睑，经过鸟爪
　　落在某些稳固的标志上
　　越过善变的绿光的
　　奔跑与忽闪
　　在这不稳定的花园

　　生动的孩子如彩色陀螺
　　旋转着穿越时间，
　　不会停下来认识
　　他们的游戏乃瞬间之事：
　　但是，冲啊！他们高喊，
　　秋千的弧线荡到高树的顶端；

冲啊！旋转木马
带着他们回旋。

我像那群孩子，陷入
终有一死的主动式动词，
让我短暂的双眼落一滴泪吧，
为了孩子、树叶与云朵的
每一场快速闪烁的游戏，
此时，那更像石头的眼
注视同一首赋格曲，不为所动
牢牢嵌在石头中。

时间的怒火

一阵阴风潜行
　　众灾星旋转
所有金苹果
　　烂入果核。

噩兆的黑鸟
　　此刻徘徊枝头；
西比尔的树叶间吹响
　　灾难的嘶嘶。

高个的骸骨穿越
　　矮林的密室；
龙葵与荨麻
　　纠缠着小径。

东倒西歪的草间
　　吉尔罗伊经过处
蛇的镰刀形影子
　　于草中潜伏。

弯曲地绕路
　　接近他的茅屋，
他听见狼在门前
　　粗暴地敲打。

他的老婆与孩子
　　被射死后吊挂，
摇篮里有咒符
　　锅里有死亡。

三段墓志铭

（一）

摇晃着穿越天青石色大海
　　一队瓶子战舰驶来，
每个都有一封给我的电报。

"毁灭你的镜子以避免灾祸，"
　　第一封叽喳；"住到安静的岛上
海水会抹掉所有脚印。"

第二封唱道："别接受闲荡的殷勤男，
　　他只求在港口寻欢至天亮，
而你命中要招引一个隐秘的袭击者。"

当所有船沉没时，第三封电报叫喊：
"淹死的办法不止一种。"

（二）
一群闪亮的海鸥
　　在我的岛上空飞翔俯冲
准确地袭击勇敢水手的眼睛，

他跌进磅礴而饥饿的海浪，
　　海浪拉扯陆地，
一寸寸吞噬绿色花园。

血以滑奏音顺那只手流下，
　　它举起来为沉没者封圣。
高处，孤鸥迎风伫立，

在饱食的鸟飞走后宣告：
"淹死的办法不止一种。"

（三）
绿色尖耳的蚱蜢精灵
　　在茎叶上雀跃，跳入我门槛，
嘲笑那破碎星辰的刺耳雨声。

我的房间是个叽喳的灰色盒子，
　　四周是墙，还有一扇窗
见证天空的琐碎冗长。

天空恰好遮住那巨大灰盒的盖子，
　　神已从那里离开，

并隐藏了所有天使般光明的人。

一波青草在石头上铭刻：
"淹死的办法不止一种。"

再版后记

这次修订普拉斯诗全集的译文，又陪着她走完生命最后几年，能感到她的诗作如何从早期的模仿风格变得日渐私密、紧迫、特异，一种向着低处、向着树木黑暗之根深入的欲望，甚至将"我"燃烧的脆弱内在暴露无遗。这是一个可怕的真诚的声音，集世界的苦难于一身；或者，普拉斯以某种方式感到并写下了并不属于她自己的痛苦。可以想象，她需要怎样强度的词语去承受这一切乃至崩断。诗本来就是寻求自身定义的东西，它不能满足于次优。翻译普拉斯，若不能切入这独一无二的白热内核，恐怕难见其诗作向着绝境的开放，难见普拉斯之"毒"，反倒弱化为美的附属品。

普拉斯的诗大都取材于战后丰富的欧美生活，当然是处在冷战阴影下，她很多看似个人化的作品其实暗含对苏俄、欧洲、美国以及世界局势的观察——不仅个人生活，整个文明岌岌可危。仔细地读，普拉斯诗里的文明进程与私人生活如钟表齿轮般步步咬合，轮番推进。如何把握她从私人问题向公开事件的跳跃，如何揣摩她用词的意图，她的女性体验、女性直觉以及情感节奏（她剧烈多变的情绪）等等，这些都是译文要去传递的暗流。翻译何为？在对原文理解到位的情况下，译者的任务正是唤出那出自左手的致命的一击，这不是靠通顺和流畅能达到的。好的译文能给出该语言内先前并不存在之物，如一枚陌生的太阳照射进这语言，促使它更新可言说的内容。也就是说，诗的翻译仍考验着译者在自身语言中开辟道路的能力，剥除陈词滥调，以致刀劈斧砍，无可雕琢。普拉斯诗作带给我们的，仍需要每一位读者从自身生存的意识来打开、体悟。

　　此次修订由我对照原文逐字逐句完成，并同一笑讨论诸多细节与措辞。相较初版，在准确度、可靠性以及诗意的把握上，相信这一版有较大提升。修订中参考的大量英文文献，我就不一一致谢了。惟在此感谢张子清师对该译本的促成，感谢译文社宋佥先生在再版过程中提供的意见和帮助。

Sylvia Plath
SYLVIA PLATH：COLLECTED POEMS
Simplified Chinese edition copyright © 2022 by SHANGHAI
TRANSLATION PUBLISHING HOUSE（STPH）

图字：09－2011－560 号

图书在版编目（CIP）数据

　　西尔维娅·普拉斯诗全集／（美）西尔维娅·普拉斯
（Sylvia Plath）著；冯冬译. 一修订本. 一上海：
上海译文出版社，2022.9
　　书名原文：Sylvia Plath：Collected Poems
　　ISBN 978－7－5327－9068－5

　　Ⅰ. ①西… 　Ⅱ. ①西… ②冯… 　Ⅲ. ①诗集－美国－
现代 　Ⅳ. ①I712.25

　　中国版本图书馆 CIP 数据核字（2022）第 123398 号

西尔维娅·普拉斯诗全集（修订版）
〔美〕西尔维娅·普拉斯 著 冯冬 译
责任编辑／宋玠 装帧设计／小阳工作室

上海译文出版社有限公司出版、发行
网址：www.yiwen.com.cn
201101 上海市闵行区号景路 159 弄 B 座
上海盛通时代印刷有限公司印刷

开本 889×1194 1/32 印张 13.75 插页 6 字数 107,000
2022 年 9 月第 1 版 2022 年 9 月第 1 次印刷
印数：0,001—5,000 册

ISBN 978－7－5327－9068－5/I·5641
定价：88.00 元